資治通鑑選譯

司馬光　著
李　慶　譯注

商務印書館

本書由江蘇鳳凰出版社有限公司授權出版

資治通鑑選譯

作者　司馬光
譯注　李　慶
責任編輯　甘麗華
封面設計　涂　慧
出版　商務印書館（香港）有限公司
香港筲箕灣耀興道三號東滙廣場八樓
http://www.commercialpress.com.hk
發行　香港聯合書刊物流有限公司
香港新界大埔汀麗路三十六號中華商務印刷大廈三字樓
印刷　永利印刷有限公司
香港黃竹坑道五十六至六十號怡華工業大廈三字樓
版次　二〇一八年十一月第一版第一次印刷

ISBN 978 962 07 4577 5
Printed in Hong Kong

前　言

在世界各民族中，中華民族是最重視歷史記錄的。就保存下來的古代史書來看，最早的《春秋》，就是魯國史官所記錄的從公元前 722 年到公元前 479 年二百四十四年間發生的大事。這比西方最早的史書——公元前五世紀末才出現的希羅多德編寫的《歷史》要早出二百多年。《春秋》是按年月日順次記錄下來的，後人稱之為編年體史書即編年史。魯國以外其他諸侯國以至周王室也都有這樣的編年史，如西晉時從古墓裏發掘出來的一部戰國時魏國的史書——後人稱之為《竹書紀年》的，也是和《春秋》同樣體裁的編年史。可以說這種編年史是我國最早編寫史書所用的體裁。但事物總是向前發展的，史書的體裁也沒有例外地要有所發展。到西漢前期就出現了司馬遷的《史記》，《史記》的內容要比《春秋》複雜多了。它有「本紀」，這是以帝王在位先後按年月日編寫的編年史，和《春秋》還沒有甚麼不同；另外還有「表」，用表格形式來編排大事；還有「書」，後人改稱為「志」，分專題記載政治、經濟、文化現象；還有大量的「列傳」，分別記載重要人物的生平事蹟。這些就遠遠突破了編年史的格局，所以後人給它另起了一個名稱叫紀傳體史書即紀傳史。因為這種體裁比編年體更完善，所以後人又稱之為正史，以《史記》居首的稱為正史的《二十四史》都是用這種紀傳體來編寫的。當然，在編寫紀傳史的同時也還有人在寫編年史，如《二十四史》的第二部《漢書》在東漢初年由班固編成後，在東漢末年還有位荀悅編寫了編年體的《漢紀》，但內容遠不如《漢書》充實，很少有人閱讀。直到北宋時司馬光編寫的《資治通鑑》問世，編年史才算恢復了它的地位，有資格和紀傳體「正史」並駕齊驅，甚至有人把他和紀傳史的始祖司馬遷並稱為我國古代史學界的「兩司馬」。

司馬光這位大史學家的名字，讀過點中國歷史的人都不陌生。北宋時大政治家兼大文學家王安石在搞變法時，司馬光是個出頭露面的反對派。他是陝州夏縣人①，字君實，北宋真宗天禧三年（1019）出生，哲宗元祐元年（1086）逝世，終年六十七歲。在他生活的時代，紀傳體正史已先後出現了《史記》、《漢書》、《後漢書》、《三國志》、《晉書》、《宋書》、《南齊書》、《梁書》、《陳書》、《魏書》、《北齊書》、《周書》、

《隋書》、《南史》、《北史》、《舊唐書》、《新唐書》、《舊五代史》、《新五代史》，一共十九部，部數多、分量大，憑一個人的精力很難看得完，需要再有一部既能包括這些紀傳史的主要內容，又比較簡明的史書，司馬光就是針對這種需要來編寫《資治通鑒》的。他沒有繼續沿用紀傳史的體裁，因為這樣無非是把以上十九部紀傳史壓縮一下。司馬光小時候就讀過唐朝人高峻把《史記》到《隋書》縮編成的《高氏小史》。小時候讀讀固然可以，作為成熟的史學家就決不願意重複這種簡單勞動②。他重新採用了當時多少已被冷落的編年體，來編寫一部比這些紀傳史簡明的史書。前面說過，編年史的老祖宗是魯國史官編寫的《春秋》，我們看到的《春秋》是所謂《六經》或《五經》裏的《春秋》，是經過先秦時儒家刪節過的內容比較簡單的本子，一件大事只記上一兩句。如果這樣，司馬光倒仍舊不必花氣力，把紀傳史裏的本紀照抄一通就是，本紀就是和《春秋》差不多的簡略的編年體。司馬光不做這樣取巧偷懶的事情，他要模仿的是《左傳》。《左傳》這部書，後人把它編在所謂《十三經》裏面，其實並不是經，只是解釋《春秋》的書，不過不是解釋這個字是甚麼意思，那個字怎麼唸，而是戰國前期人收集了各個諸侯國的史官的記載，針對《春秋》只記載某年某月某日這個諸侯國和那個諸侯國打了一仗，某國打贏了的簡單記載，據史實加以全面擴充而成。《左傳》中詳詳細細記述了雙方將帥的情況、打仗的經過以及勝敗的原因，讀起來比《春秋》有趣味得多。司馬光從小就喜歡這部有趣味的《左傳》，據說七歲時聽別人講解後就能對家裏人複述其中的情節，成年後寫《資治通鑒》就採用了《左傳》的記述方式。《左傳》最後講到韓、趙、魏三家滅掉智伯，所以《資治通鑒》也從「三家分晉」講起，或者就是從我國歷史上的「戰國時代」講起，一直講到五代結束，宋太祖當上皇帝為止，也就是從公元前 403 年講到公元 959 年，一共一千三百六十二年的歷史。一共寫了二百九十四卷，前面所說的那十九部紀傳史加起來有兩千卷左右，《資治通鑒》在卷數上還不到這兩千卷的七分之一。

現在再說司馬光的這部編年史為甚麼叫《資治通鑒》，這得弄清楚他對編寫史書的理解，和他與封建政治的關係。研究歷史，編寫歷史書幹甚麼，我們今天研究歷史，是為了弄清歷史發展的規律。弄不清規律嚴格地講就算不上科學，同樣算不上歷史科學。但古人不是這樣，作為封建社會的知識份子，要找尋規律他們是無能為力的，他們研究歷史，編寫歷史書，主要目的是在於借鑒，前人做對了的後人可以學，做錯了的後人千萬不要重蹈覆轍。司馬光當然是跳不出這個圈子的。同時，還應知道司馬光是個政治家，早年在官場上一帆風順，想有點作為則需要有一個他心目中的好皇帝，因而他不僅需要自己從歷史中有所借鑒，更重要的還希望皇帝也從歷史中有所借鑒，學做好皇帝而別做壞皇帝。他從仁宗嘉祐年間開始編寫這部編年史，當時起的書名叫《通志》。仁宗死了，英宗即位，他把已編寫好的從戰國到秦一共八卷進呈給英宗，得到英宗的讚賞。在治平三年（1066），英宗叫他把歷代君臣事蹟編集起來，他請示是否就把《通志》編下去，英宗完全同意，並專門為他設置編纂的機構——史局，使這部大型編年史成為官修的史書。這樣，這部史書的內容就更要投合皇帝的需要。英宗做了四年皇帝就去世了。神宗剛即位，就叫司馬光把已經編寫好的在經筵上宣讀講解③，並且叫文臣王禹玉代筆賜給一篇御制序，對這部書的政治作用作了全面的肯定，並且給它正式賜名為《資治通鑒》。「資」是資助，「治」是治理，「鑒」是鑒戒，「通」是「通志」的「通」，因為它不止記載一個朝代，而是從戰國一直通下來，整個書名，就是有助於治理天下的一部通代鑒戒之書④。這本書裏經常看到「臣光曰」也就是「臣司馬光認為」，就是司馬光根據歷史事實所發揮的給皇帝借鑒的言論。司馬光奉皇帝詔命官修史書，可以充分利用國家收藏的極其豐富的圖書資料。司馬光可以自己挑選助手進史局協助他工作，在英宗時他已先後選用了劉恕、劉攽（bīn），神宗時又增加了一位范祖禹，這三位都是頗有名氣的史學家，劉攽協助從漢到隋部分，范祖禹協助唐代部分，劉恕協助五代部分，然後由司馬光總其成。

由於經過皇帝首肯，可以不受政局變動的影響。在神宗任用王安石變法後，反對派司馬光在熙寧三年（1070）被迫離開京城開封，到當時稱為西京的洛陽去做無事可管的閒散官職。但神宗對他編寫《資治通鑑》十分支持，准許他把史局帶到洛陽繼續工作。過了十四年，司馬光在元豐七年（1084）年底把這二百九十四卷的大書順利寫成，連同《目錄》、《考異》各三十卷一併進呈後，神宗還專門下詔獎勵，把司馬光調回京城重新出任要職。元豐八年神宗去世，哲宗即位，太后聽政，司馬光當了不到一年宰相，在元祐元年（1086）九月去世，十月由當時的文教機構——國子監奉詔敕把《資治通鑑》刊刻頒行。哲宗親政，司馬光的反對派勢力抬頭，要毀掉《資治通鑑》書版，因為有神宗御制序乃不能實現。

《資治通鑑》問世後，一直是歷代知識份子中的暢銷書。不僅讀，而且給《資治通鑑》做了不少注釋和改編工作。注釋中最著名的是宋元間胡三省的音注，通常稱為《通鑑》胡注，對《資治通鑑》裏講到的地理和制度解釋得特別詳細。據《通鑑》改編的書中最有意義的是南宋袁樞的《通鑑紀事本末》，這是考慮到《資治通鑑》是編年體，一件事情分隔在好幾卷裏，初讀者往往理不清頭緒，於是改成以事為主，把全書歸結成二百三十九件大事，每件大事下抄錄《資治通鑑》有關的原文，無關的零星記載統統捨棄，這樣就創立了和紀傳、編年並列的紀事本末體，讀編年體有困難的人看紀事本末體就比較容易讀得進去。還有一種改編是編年體裁不變，只把《資治通鑑》加以刪節改編，像南宋時託名朱熹編寫的《資治通鑑綱目》、清初吳乘權、吳大職合編的《綱鑑易知錄》、乾隆時官修的《御批通鑑輯覽》，但都不具甚麼價值。此外，因為《資治通鑑》只編寫到五代，以後還有人給它寫續編，品質較高的是南宋史學家李燾編寫的《續資治通鑑長編》，其他如清代以畢沅名義編寫的《續資治通鑑》、夏燮的《明通鑑》、陳鶴的《明紀》，都頗具史料價值。

今天，《資治通鑑》這部史書仍具很高的價值。這是因為：

首先，對研究歷史的專家學者來説，《資治通鑑》有很高的史料價值。司馬光編寫時除了利用前面説過的從《史記》、《漢書》到新舊《唐書》、新舊《五代史》十九部紀傳體正史外，還利用了其他的紀傳史、編年史、雜史、名人的傳記、名人寫給皇帝的奏議，以及有關各個時代的地理記載和比較可信的小説雜記，據統計有三百多種。其中有許多可以補充那十九種正史的不足，甚至糾正其中的錯誤。尤其是唐和五代部分，編纂新舊《唐書》、新舊《五代史》時所根據的原始史料司馬光都能看到，《資治通鑒》的唐、五代部分有很多不見於這些正史的，大多就是根據這些原始史料重新編寫的，而這些原始史料後來都已散失，因此《資治通鑒》這部分的史料價值至少不亞於正史。同時，編寫《資治通鑒》時是先編「長編」。所謂「長編」，就是按年月日把有關史料統統抄到一起，成為資料彙編，然後去粗取精，去偽存真，寫成正式的史書。「長編」後來雖已散失，但卻留下了司馬光撰寫的《資治通鑒考異》（以下簡稱《考異》），把某件事情有幾種不同說法的史料都記下來，然後講明為甚麼信這種而不信那種的理由，也就是去偽存真的理由。有些確實取得很對，即使不對，但既已記下了各種不同說法的史料，而且這些史料已經失傳，在別的地方無法看到，今天的專家學者還可根據《考異》重新加以判斷抉擇。所以《資治通鑒》的史料價值無不為歷史學家所重視，尤其是研究唐、五代史的專家學者沒有一位不在《資治通鑒》和《考異》上下功夫的。

其次，《資治通鑒》的文章寫得實在好。編寫史書要講究文采，要寫得對人們有吸引力，讓人們願意讀，這本是我國史學界的優良傳統。紀傳史中的《史記》、《漢書》等之所以享有盛名，不僅因為其在史學上的貢獻，同時也因為其有很高的文學水平。

不過這些紀傳史的文學水平儘管高，卻各有自己的風格。據記載，司馬光編寫《資治通鑒》的辦法是先請劉攽、范祖禹、劉恕分頭編「長編」，「長編」編好，再由司馬光親自加工寫成。所以《資治通鑒》今天讀起來就感到文字前後通貫，二百九十四卷像是一氣呵成。同時，司馬光的文筆也有獨特的風格，既生動，又條理清楚，平順易懂，絕不使用生字難句來故作高深。因而不僅舊時代的文人愛讀，今天稍微懂一點文言文的人，即使不是專家學者仍同樣愛讀，有些地方讀起來真像讀小說一樣，叫人非讀完一個段落，知道事情的結局不可。

問題是現在大多數人不習慣讀文言文。為了讓更多的人能欣賞這部著名的史書，我們採取了今譯的方式。當然不便全部譯，《資治通鑒》的原文已有好幾百萬字，加上譯文得近千萬字，這絕非一般人所能問津。不如挑選其中寫得特別精彩、讀起來最容易發生興趣的來譯。這部譯本裏就只給讀者選譯了二十篇。每篇的標題是譯時擬加的。分段、標點以及原文都根據 1956 年古籍出版社整理、1982 年中華書局重印的本子，間或有錯誤以及不確切之處則作了更正。這個本子有胡三省的音注，但音注也都是文言文，這次譯時另外用了適合讀者水平的注釋。所選譯的這二十篇大體照顧了各個時代，從戰國到五代各個朝代都選一點。性質則多偏於政治和軍事，這是因為司馬光編寫時出於「資治」的目的本來着重這方面，經濟本來就不是它的重點，文化更少講到，原書如此，選譯者當然無由改變。

記載一千三百六十二年歷史的《資治通鑒》在內容上極其豐富，這個選譯本對讀者真可說是嚐鼎一臠。假若讀者對這本選譯發生了興趣，同時通過今譯和原文的對照對閱讀文言文的水平有所提高，則更希望讀者閒暇時能閱讀《資治通鑒》原著全書。

李慶

❶ 今山西夏縣。 ❷ 司馬光以後還有人做這種壓縮正史的工作，如南宋呂祖謙編寫的《十七史詳節》，明代邵經邦編寫的《弘簡錄》，可是一直流傳不廣。 ❸ 皇帝選擇文臣給他講書，叫開經筵，所講的一般是《五經》之類，新編寫的《資治通鑒》能列入宣講內容，可見神宗對它的重視。 ❹ 後來常把它稱為《通鑒》，把「資治」兩字省略，只是為了方便而已，其實並不符合神宗賜名的本意。

目錄

水灌晉陽

——進入戰國的前奏

晉國曾是一個在春秋時代稱霸的大國，到了春秋末年，它的實際權力已被趙氏、魏氏、韓氏、智氏、范氏和中行氏這「六卿」所分割。「六卿」又相互傾軋，范氏、中行氏先被滅掉。公元前453年，趙、魏、韓又滅掉智氏，以後逐漸形成「三家分晉」的局面。到公元前403年，周天子被迫承認三家為諸侯。以往人們多把這件事作為春秋、戰國的分界線。《資治通鑒》的記事也從此開始，同時又追記了三家滅智氏的經過。

本篇選自《資治通鑒》卷一周紀威烈王二十三年（前403）。文中對智伯、韓康子、魏桓子、趙襄子以及張孟談等人的刻畫，對各家利害關係的分析，以及水灌晉陽、三家轉而滅掉智伯的描述，都頗見水平。

及智宣子卒①，智襄子為政②，與韓康子、魏桓子宴於藍台③。智伯戲康子而侮段規④。智國聞之⑤，諫曰：「主不備難⑥，難必至矣！」智伯曰：「難將由我。我不為難，誰敢興之！」對曰：「不然。《夏書》有之：『一人三失，怨豈在明，不見是圖。』夫君子能勤小物，故無大患。今主一宴而恥人之君相，又弗備，曰『不敢興難』，無乃不可乎！蚋、蟻、蜂、蠆⑦，皆能害人，況君相乎！」弗聽。

智伯請地於韓康子，康子欲弗與。段規曰：「智伯好利而愎⑧，不與，將伐

等到智宣子去世，智襄子即智伯主持晉國政事，和韓康子、魏桓子在藍台會宴，智伯戲弄韓康子，欺侮段規。智國聽到這個情況，進諫道：「主公不預防發難，發難的事情就一定會出現！」智伯說：「只有我才能發難，我不發難，誰敢發難！」智國對答道：「不一定。《夏書》上有這樣的話：『一個人三度有過失，即使過失不明顯也會招怨，要在不明顯時就採取措施。』君子能盡力於細小的事物，所以才沒有大的禍患。如今主公在一次宴會上便羞辱了人家的君和相，又不作準備，說人家不敢發難，恐怕不行吧！那些飛蚊、螞蟻、野蜂、蠍子之類，都能傷人，何況君、相呢！」智伯不聽。

我；不如與之。彼狃於得地⑨，必請於他人；他人不與，必嚮之以兵，然後我得免於患而待事之變矣。」康子曰：「善。」使使者致萬家之邑於智伯。智伯悅，又求地於魏桓子。桓子欲弗與，任章曰⑩：「何故弗與？」桓子曰：「無故索地，故弗與。」任章曰：「無故索地，諸大夫必懼；吾與之地，智伯必驕。彼驕而輕敵，此懼而相親；以相親之兵待輕敵之人，

❶智宣子：名申，當時晉國的卿。❷智襄子：名瑤，宣子之子智伯。❸韓康子：名虔。魏桓子：名駒。兩人都是晉國的卿。❹段規：韓康子的相。❺智國：智襄子的家臣。❻主：當時家臣對大夫的稱謂。❼蜹（ruì）：蚊子的一種。蠆（chài）：蠍子一類的毒蟲。❽愎（bì）：任性、執拗。❾狃（niǔ）：習以為常。❿任章：魏桓子的相。

智伯向韓康子索取土地，韓康子準備不給。段規說：「智伯好利又任性，不給，他就會討伐我們，不如給他。他把取得土地當作習以為常的事情，必定又會向別人索取；別人不給，他必定會以兵戎相向，這樣我們得以免於禍患而等待事態的變化了。」韓康子說：「好。」派使者把有萬戶人家的一個邑送給智伯。智伯很高興，又向魏桓子索取土地。魏桓子想不給，任章說：「為何不給？」魏桓子說：「無故索取土地，所以不給。」任章說：「無故索取土地，各個大夫必然恐懼，我們給了土地，智伯必然驕傲。他驕傲就會輕敵，我們這邊因恐懼就會相互團結，用團結的軍隊來對付輕敵的人，

智氏之命必不長矣。《周書》曰：『將欲敗之，必姑輔之。將欲取之，必姑與之。』主不如與之，以驕智伯，然後可以擇交而圖智氏矣，奈何獨以吾為智氏質乎①！」桓子曰：「善。」復與之萬家之邑一。

智伯又求蔡、皋狼之地於趙襄子②，襄子弗與。智伯怒，帥韓、魏之甲以攻趙氏。襄子將出，曰：「吾何走乎？」從者曰：「長子近③，且城厚完④。」襄子曰：「民罷力以完之⑤，又斃死以守之⑥，其誰與我⑦！」從者曰：「邯鄲之倉庫

智氏的命運肯定長不了。《周書》說：『你想要打敗對方，必須姑且先幫助他。你想要攻取對方，必須姑且先拿點甚麼給他。』主公不如把土地給他，使智伯驕傲起來，然後可以選擇合作者來圖謀智氏了，何苦獨獨由我們來作為智氏的攻擊對象呢！」桓子說：「好。」也給了智伯一個有萬戶人家的邑。

智伯又向趙襄子索取蔡和皋狼之地。趙襄子不給。智伯發怒，把韓、魏的兵一起帶上去攻打趙氏。趙襄子要離城出走，問道：「我們到哪裏去呢？」隨從的人說：「長子離這裏近，而且城池厚實堅固。」趙襄子說：「民用盡了氣力來築好

實⑧。」襄子曰：「浚民之膏澤以實之⑨，又因而殺之，其誰與我！其晉陽乎⑩，先主之所屬也，尹鐸之所寬也⑪，民必和矣。」乃走晉陽。

❶質：箭靶，攻擊對象。❷蔡、皋狼：趙襄子的領地。蔡，應作藺，和皋狼都在今山西離石一帶。趙襄子：名無恤，晉國的卿。❸長子：今山西長子以西。❹厚完：厚實，完固。❺罷（pí）：通「疲」。❻斃死：斃本是倒下的意思，斃死是倒下來死去。❼與：跟從，贊同，支持。❽邯鄲：今河北邯鄲西南。❾浚：榨取，搜刮。膏澤：膏血。❿晉陽：今山西太原。⓫先主：死去的主，指趙襄子之父趙簡子。趙簡子派尹鐸去治理晉陽。尹鐸問趙簡子：「您是要搜羅財富呢，還是要把晉陽作為趙氏的保障？」趙簡子回答：「要作為保障。」尹鐸就減少了對晉陽的賦稅。趙簡子因此曾囑咐趙襄子，萬一有變故，不要嫌晉陽遠，必定要到那裏去。

長子城，現在又要捨命來守衞，有誰會來支持我！」隨從的人說：「邯鄲的倉庫充實，可以到那裏去。」趙襄子說：「搜刮了民脂民膏充實它，又因此使他們受刀兵之災，有誰會來支持我！還是去晉陽吧，那是先主囑託過的，尹鐸寬撫過的地方，邑眾必定和我們同心協力。」於是出走到晉陽。

三家以國人圍而灌之①，城不浸者三版②；沉竈產蛙，民無叛意。智伯行水，魏桓子御，韓康子驂乘③。智伯曰：「吾乃今知水可以亡人國也。」桓子肘康子，康子履桓子之跗④，以汾水可以灌安邑⑤，絳水可以灌平陽也⑥。絺疵謂智伯曰⑦：「韓、魏必反矣。」智伯曰：「子何以知之？」絺疵曰：「以人事知之。夫從韓、魏之兵以攻趙，趙亡，難必及韓、魏矣。今約勝趙而三分其地，城不沒者三版，人馬相食，城降有日，而二子無喜志，有憂色，是非反而何？」明日，智伯以絺疵之言告二子，二子曰：

智氏、韓氏、魏氏率領國人包圍了晉陽，用水來灌，城牆沒有被水浸沒的只有三版；竈沒在水裏，都長出青蛙來，但邑民們還是沒有背叛的念頭。智伯察看水勢，魏桓子駕車，韓康子陪乘。智伯說：「我今天才知道水可亡人之國！」魏桓子用肘碰了一下韓康子，韓康子踩了一下魏桓子的腳背，因為汾水可以灌安邑，絳水可以灌平陽啊。疵對智伯說：「韓、魏是准定要叛變了。」智伯說：「你怎會知道？」疵說：「從人情事態知道。我們聯合韓、魏的兵攻打趙氏，趙氏亡，災難就必定輪到韓、魏。現在約定，勝趙以後，三家瓜分其地，城只剩三版沒有淹沒，人馬相食，指日就會降服，然而韓、

「此夫讒人欲為趙氏游說⑧，使主疑於二家而懈於攻趙氏也。不然，夫二家豈不利朝夕分趙氏之田，而欲為危難不可成之事乎！」二子出，絺疵入曰：「主何以臣之言告二子也？」智伯曰：「子何以知之？」對曰：「臣見其視臣端而趨疾⑨，知臣得其情故也！」智伯不悛⑩。絺疵請使於齊。

❶國人：住在領地城邑中的人。灌之：決晉水來淹沒晉陽城。❷三版：當時的城牆都是土築的，土築時夾的木版一般有二尺寬，三版的高度只有六尺。❸驂乘：陪乘。❹跗（fū）：腳背。❺安邑：魏氏居邑，今山西夏縣北。❻平陽：韓氏居邑，今山西臨汾西南。❼絺疵（chī cī）：智伯的臣屬。❽游說（shuì）：勸說，說服。❾端：詳審。趨：跑。❿悛（quān）：悔改。

魏二子並不欣喜，而有憂患之色，這不是想叛變又是甚麼？」第二天，智伯把疵的話告訴了韓、魏二子。二子說：「這是那些搗鬼的人要替趙氏遊說，以使主公對我們二家產生懷疑而放鬆對趙氏的進攻。否則，我們二家難道對眼前就可分得趙氏之田不感興趣，反去幹危險不能成功的事情嗎！」二子出去了，疵進來說：「主公為甚麼要把臣的話告訴韓、魏二子？」智伯說：「你怎會知道？」回答道：「臣看到他倆用心地端詳了臣又很快地走掉，這是他倆知道臣掌握了他倆的真情，所以會有這種表現啊！」智伯仍不醒悟。疵請求出使到齊國去。

趙襄子使張孟談潛出見二子，曰：「臣聞脣亡則齒寒。今智伯帥韓、魏以攻趙，趙亡則韓、魏為之次矣。」二子曰：「我心知其然也，恐事未遂而謀泄，則禍立至矣。」張孟談曰：「謀出二主之口，入臣之耳，何傷也！」二子乃潛與張孟談約，為之期日而遣之①。

襄子夜使人殺守隄之吏，而決水灌智伯軍。智伯軍救水而亂，韓、魏翼而擊之，襄子將卒犯其前，大敗智伯之眾，遂殺智伯，盡滅智氏之族。

趙襄子派張孟談暗中出城見韓、魏二子，說：「臣聽說唇亡則齒寒。現在智伯率領韓、魏之眾攻打趙氏，趙氏滅亡以後，就該輪到韓、魏了。」韓、魏二子說：「我們心中也知道是這樣的，只是怕事情還未辦到，計謀就洩露出去，這樣災禍會立刻臨頭。」張孟談道：「計謀出二主之口，入臣之耳，有甚麼關係！」韓、魏二子便秘密地和張孟談相約，確定了行動的日期後把他送回去。

趙襄子在夜裏派人出城殺了智氏守護堤防的官吏，決開堤防放水淹灌智伯軍。智伯軍慌忙救水亂了套，韓、魏兩軍從兩側攻出，趙襄子率領士卒從正面殺

❶ 期（jī）日：約定日期。

過去，大敗智伯軍，趁勢殺死智伯，殺光了智氏一族。

王翦伐楚

——老謀深算者的勝利

戰國的歷史以秦滅六國而告終。在秦滅六國的戰爭中，發生於公元前 224—前 223 年的伐楚之役，是一場規模最大的戰役。當時秦已先後滅了韓、趙、燕、魏四國，秦王嬴政想挾戰勝餘威而一舉略定楚國。秦國老將王翦清楚地認識到這場戰役的艱巨性，年輕將領李信則顯得輕敵。於是不同的態度產生了不同的結果。

本篇選自《資治通鑒》卷七秦紀始皇帝二十三年至二十四年（前224—前223）。全篇筆墨不多，但對人物心理、戰爭過程都作了很清楚的交代。

王賁伐楚①，取十餘城。王問於將軍李信曰：「吾欲取荊②，於將軍度用幾何人而足？」李信曰：「不過用二十萬。」王以問王翦，王翦曰：「非六十萬人不可。」王曰：「王將軍老矣，何怯也！」遂使李信、蒙恬將二十萬人伐楚。王翦因謝病歸頻陽③。

……

李信攻平輿④，蒙恬攻寢⑤，大破楚軍。信又攻鄢郢⑥，破之。於是引兵而西，與蒙恬會城父⑦。楚人因隨之，三日

王賁進攻楚國，取得十多城。秦王問將軍李信道：「我要拿下楚國，請將軍估計一下需要用多少人才夠？」李信說：「不過用二十萬人。」秦王把這個問題問王翦，王翦說：「非六十萬人不行。」秦王說：「王將軍老了，多麼膽怯啊！」就派李信、蒙恬率領二十萬人進攻楚國。王翦就藉口有病辭歸頻陽。

……

李信進攻平輿，蒙恬進攻寢，大破楚軍。李信又進攻鄢郢，攻克了。於是，他便率領軍隊向西推進，和蒙恬的軍隊在城父會合。楚國的軍隊便跟上他們，三天

三夜不頓舍，大敗李信，入兩壁，殺七都尉；李信奔還。

王聞之，大怒。自至頻陽謝王翦曰：「寡人不用將軍謀，李信果辱秦軍。將軍雖病，獨忍棄寡人乎！」王翦謝：「病不能將。」王曰：「已矣，勿復言！」王翦曰：「必不得已用臣，非六十萬人不可！」王曰：「為聽將軍計耳。」於是王翦將六十萬人伐楚。

❶王賁：王翦之子。❷荊：即楚。❸頻陽：今陝西富平東北。❹平輿：今河南汝南東北、平輿北。❺寢：今安徽臨泉。❻鄢郢（yān yǐng）：今河南鄢陵北。❼城父：今安徽渦陽西北。

三夜不停留休息，把李信打得大敗，攻入兩座軍壘，殺死七個都尉。李信逃回。

秦王聽到這個消息，大怒。親自到頻陽去向王翦道歉說：「寡人不用將軍的計謀，李信果然玷辱了秦國的軍威。將軍即使有病，難道忍心拋棄寡人嗎！」王翦推辭道：「有病，不能帶兵。」秦王道：「好了，不用再說了！」王翦答道：「必不得已用我，非六十萬人不行！」秦王說：「就聽將軍的安排吧。」於是王翦率領六十萬人進攻楚國。

王送至霸上①，王翦請美田宅甚眾。王曰：「將軍行矣，何憂貧乎！」王翦曰：「為大王將，有功，終不得封侯，故及大王之嚮臣，以請田宅為子孫業耳。」王大笑。王翦既行，至關②，使使還請善田者五輩。或曰：「將軍之乞貸亦已甚矣③！」王翦曰：「不然。王怚中而不信人④，今空國中之甲士而專委於我，我不多請田宅為子孫業以自堅，顧令王坐而疑我矣。」

二十三年，王翦取陳以南至平輿⑤。楚人聞王翦益軍而來，乃悉國中兵以禦

秦王送他到霸上，王翦要求賞賜給他很多好田宅。秦王說：「將軍走吧，難道您還怕窮嗎！」王翦答道：「當大王的將軍，立了功，最終也不會封侯，所以趁着大王信用臣的時候，討田宅作為子孫的產業。」秦王大笑。王翦出發，到達武關，派使者回去討良田，先後有五起。有人說：「將軍的乞討也太過分了！」王翦說：「不是這樣，大王心地強悍而又不信任人，如今把全國的武裝調出來統統交給我，我不為子孫多討田宅來表示別無其他希冀，將使王由此懷疑我了。」

二十三年，王翦攻取了陳以南的地區，到達了平輿。楚人聽說王翦增添了兵

之。王翦堅壁不與戰。楚人數挑戰，終不出。王翦日休士洗沐，而善飲食，撫循之，親與士卒同食。久之，王翦使人問：「軍中戲乎？」對曰：「方投石、超距。」王翦曰：「可用矣！」楚既不得戰，乃引而東。王翦追之，令壯士擊，大破楚師，至蘄南⑥，殺其將軍項燕，楚師遂敗走。王翦因乘勝略定城邑。

二十四年，王翦、蒙武虜楚王負芻，以其地置楚郡。

❶ 霸上：今陝西西安東南，霸水兩岸。❷ 關：指武關，在今陝西丹鳳東。❸ 乞貸：向人乞討物品。❹ 怚（cū）：同「粗」。❺ 陳：今河南淮陽。❻ 蘄南：今安徽固鎮以西。

馬前來，就把國內的軍隊悉數調來抵禦。王翦堅守營壘不與楚人交戰。楚人多次挑戰，秦軍始終不出。王翦每天休整士兵，讓他們梳洗沐浴，還給好飲食，加以撫慰，自己和士卒們一起用飯。過了一些時候，王翦派人問：軍中在玩甚麼？」回答說：「正在投石塊、跳躍。」王翦說：「可用了！」這時楚軍既已找不到戰機，就向東轉移。王翦率軍追趕，派壯士出擊，大破楚軍，到達蘄南，殺死了楚將軍項燕，楚軍就此潰敗奔逃。王翦乘勝平定城邑。

二十四年，王翦、蒙武俘虜楚王負芻，將楚國的領土設置為楚郡。

垓下悲歌

——一位英雄的末路

農民大起義摧毀了秦的統治，接着是楚漢之爭。公元前202年的垓下之戰是楚漢戰爭中最後的一場大戰，項羽的軍隊被劉邦徹底消滅。

本篇選自《資治通鑑》卷一一漢紀高帝五年（前202）。記載了號稱「力拔山兮氣蓋世」的西楚霸王軍困垓下，四面楚歌，揮淚別姬，最後烏江自刎的過程。

十二月，項王至垓下①，兵少，食盡，與漢戰不勝，入壁。漢軍及諸侯兵圍之數重。項王夜聞漢軍四面皆楚歌，乃大驚曰：「漢皆已得楚乎？是何楚人之多也！」則夜起，飲帳中，悲歌忼慨②，泣數行下。左右皆泣，莫能仰視。於是項王乘其駿馬名騅③，麾下壯士騎從者八百餘人④，直夜，潰圍南出馳走。平明，漢軍乃覺之，令騎將灌嬰以五千騎追之。項王渡淮，騎能屬者才百餘人。

❶ 項王：項羽。垓下：今安徽靈璧東南。❷ 忼：通「慷」。❸ 騅（zhuī）：青白雜色馬。❹ 麾（huī）：指揮用的旗。

十二月，項王到垓下，兵少，糧食吃完，與漢軍交戰未能取勝，退入營壘。漢軍和諸侯兵把他包圍了好幾層。項王在夜裏聽到四邊的漢軍都在唱楚歌，大驚道：「難道漢已經完全佔領了楚地？何以漢軍中楚人有這麼多啊！」於是夜裏起來，在帳中喝酒，慷慨悲歌，眼淚不斷流下來。左右的人都哭了，沒有人抬頭看他。於是項王跨上他那匹名叫騅的駿馬，帶領着手下騎馬跟隨他的壯士八百多人，趁着夜色突破重圍朝南方奔馳而去。到天亮後，漢軍才發現，派騎將灌嬰帶領五千騎兵追擊。項王渡過淮河，能跟上的騎士只剩下一百多人。

至陰陵①，迷失道，問一田父，田父紿曰「左」②。左，乃陷大澤中③，以故漢追及之。

項王乃復引兵而東，至東城④，乃有二十八騎；漢騎追者數千人。項王自度不得脱，謂其騎曰：「吾起兵至今，八歲矣。身七十餘戰，未嘗敗北，遂霸有天下。然今卒困於此，此天之亡我，非戰之罪也！今日固決死，願為諸君快戰，必潰圍、斬將、刈旗，三勝之，令諸君知天亡我，非戰之罪也。」乃分其騎以為四隊，四鄉。漢軍圍之數重。項

到達陰陵，迷了路，問一個耕田的，耕田的騙他們說：「向左。」他們向左走，就陷進大澤裏，因此被漢軍追趕上。

項王又帶了兵馬向東走，走到東城，只剩下二十八騎，漢騎追趕的有幾千人。項王自料不能脱身，對他的騎士說：「我起兵到現在，有八年了。身經七十餘戰，未曾敗北，終於稱霸天下。但現在竟然受困於此，這是天要亡我，不是仗打得不行啊！今天肯定要決一死戰，願為諸君痛快地打一仗，一定做到突破包圍，斬殺敵將，砍倒敵旗，取得這三項勝利，好讓諸君知道，是天要亡我，不是仗打得不行啊！」於是分騎士為四隊，面對四方。

王謂其騎曰：「吾為公取彼一將。」令四面騎馳下，期山東為三處。於是項王大呼馳下，漢軍皆披靡。遂斬漢一將。是時，郎中騎楊喜追項王⑤，項王瞋目而叱之⑥，喜人馬俱驚，辟易數里⑦。項王與其騎會為三處，漢軍不知項王所在，乃分軍為三，復圍之。項王乃馳，復斬漢一都尉，殺數十百人；復聚其騎，亡其兩騎耳。乃謂其騎曰：「何如？」騎皆伏曰：「如大王言！」

❶ 陰陵：今安徽定遠西北。❷ 紿（dài）：欺騙。❸ 澤：聚水的窪地。❹ 東城：今安徽定遠東南。❺ 郎中騎：當時的武職名稱。❻ 瞋（chēn）目：睜大眼瞪人。❼ 辟易：嚇退。

當時漢軍將他們包圍了好幾重。項王對騎士們說：「我為諸公斬取他們的一個將領！」叫騎士從四方沖下，預先約定在山的東面分三處集合。於是項王大聲呼號着飛馳而下。漢軍都望風披靡。終於斬取了一名漢將。這時候，郎中騎楊喜追趕項王，項王瞪起眼睛大喝一聲，楊喜人馬都受驚，後退了好幾里。項王和他的騎士會合成三處，漢軍不知道項王在哪處，就分軍為三，再次包圍上來。項王縱馬奔馳，又斬取漢軍一名都尉，殺了幾十上百人；再次會合他的騎士，只損失了兩人。項王對騎士們說：「怎麼樣？」騎士們都拜伏道：「確實像大王所說的那樣！」

於是項王欲東渡烏江，烏江亭長檥船待①，謂項王曰：「江東雖小，地方千里，眾數十萬人，亦足王也。願大王急渡！今獨臣有船，漢軍至，無以渡。」項王笑曰：「天之亡我，我何渡為！且籍與江東子弟八千人渡江而西②，今無一人還；縱江東父兄憐而王我，我何面目見之！縱彼不言，籍獨不愧於心乎！」乃以所乘騅馬賜亭長，令騎皆下馬步行，持短兵接戰。獨籍所殺漢軍數百人，身亦被十餘創。顧見漢騎司馬呂馬童③，曰：「若非吾故人乎？」馬童面之，指示中郎騎王翳曰④：「此項王也。」項王乃

於是項王想要東渡烏江，烏江的亭長把小船靠到岸邊等待着，對項王說：「江東雖然小，地盤也有千里，丁口幾十萬，也足以稱王了。望大王趕快渡江！現在只有臣有船，漢軍到了，他們沒法渡過。」項王笑道：「這是天要亡我，我渡過去幹甚麼！況且我項籍和江東子弟八千人渡江而西，現在沒有一個人回來；即使江東父老愛憐我，尊我為王，我有甚麼面目見他們！即使他們不說，我項籍難道不自愧於心嗎！」於是把所乘的騅馬送給了亭長，下令騎士們都下馬步行，持短兵器接戰。單是項王所殺的漢軍就有數百人，他身上也受了十多處創傷。看到漢軍的騎司馬呂馬童，說：「你不是我當

曰：「吾聞漢購我頭千金，邑萬户；吾為若德！」乃自刎而死。

年的朋友嗎？」馬童面對項王，指給中郎騎王翳看：「這就是項王啊！」項王說：「我聽說漢家要用千金買我的頭，還給一萬戶的封邑；我就來成全你吧！」於是自刎而死。

❶烏江：今安徽和縣東北的烏江浦。亭長：當時在鄉村設置的下級小官。檥（yǐ）船：使船靠岸。❷籍：項王名籍。此處是項王自稱。❸騎司馬：當時的武職名稱。❹中郎騎：當時的武職名稱。翳：音 yì。

誅滅諸呂

——一次反對外戚的鬥爭

漢高祖劉邦死後，皇后呂雉以太后身份秉政，排斥劉氏，安插外戚呂氏掌權。公元前180年呂后去世，在絳侯周勃、丞相陳平等人的謀劃下，誅滅了諸呂。這是漢初政治史上的一件大事。

本篇選自《資治通鑒》卷一三漢紀高后八年（前180），

文中對這一事件的始末，鬥爭的形勢，人物的政治態度都勾勒得十分清楚。

秋，七月，太后病甚，乃令趙王祿為上將軍，居北軍[1]；呂王產居南軍[2]。太后誡產、祿曰：「呂氏之王，大臣弗平。我即崩[3]，帝年少，大臣恐為變。必據兵衛宮，慎毋送喪，為人所制。」辛巳，太后崩，遺詔大赦天下[4]，以呂王產為相國，以呂祿女為帝后。高后已葬，以左丞相審食其為帝太傅[5]。諸呂欲為亂，畏大臣絳、灌等，未敢發。朱虛侯以呂祿女為婦，故知其謀，乃陰令人告其兄齊王，欲令發兵西，朱虛侯、東牟侯為內應，以誅諸呂，立齊王為帝。齊王乃與其舅駟鈞、郎中令祝午、中尉魏

秋天，七月裏，太后病得很厲害，就任命趙王呂祿為上將軍，掌管北軍；呂王呂產掌管南軍。太后告誡呂產、呂祿說：「呂氏為王，大臣多不服。我很快就要駕崩，皇帝年紀小，大臣恐怕會有變亂。必須控制軍隊守衛皇宮，千萬不要給我去送喪，以防被人所制。」辛巳（八月初一），太后駕崩，遺詔大赦天下，以呂王呂產為相國，以呂祿的女兒為皇后。高后下葬後，又任命左丞相審食其為皇帝的太傅。諸呂想作亂，畏懼大臣絳侯周勃、灌嬰等人，沒有敢發動。朱虛侯劉章娶呂祿的女兒為妻，所以知道他們的陰謀，於是就暗中派人告訴自己的哥哥齊王劉襄，想叫他發兵西討，由朱虛侯、東牟侯充當內應，

勃陰謀發兵⑥。齊相召平弗聽。八月丙午，齊王欲使人誅相；相聞之，乃發卒衛王宮。魏勃給召平曰：「王欲發兵，非有漢虎符驗也⑦。而相君圍王固善，勃請為君將兵衛王。」召平信之。勃既將兵，遂圍相府；召平自殺。於是齊王以駟鈞為相，魏勃為將軍，祝午為內史⑧，悉發國中兵。

❶ 北軍：漢初宿衛京師的軍隊。❷ 南軍：漢初皇宮的衛軍。❸ 崩：天子死叫崩，呂氏這時實際是皇帝，所以也可以叫崩。❹ 遺詔：皇帝或執政的太后，在死後公佈天下的遺囑。❺ 審食（yì）其（jī）：人名。❻ 郎中令：當時皇帝和諸侯王左右最高的侍從官員。中尉：當時諸侯王國的中尉是王國的最高武職。❼ 虎符：古時國家調兵的憑證。❽ 內史：當時諸侯王國治理民政的官。

誅殺諸呂，立齊王為帝。齊王就和舅父駟鈞、郎中令祝午、中尉魏勃暗中謀劃起兵。而齊相召平不聽從。八月丙午（二十六日），齊王想派人殺掉召平，召平知道了，就發兵卒看守王宮。魏勃騙召平說：「王想發兵，並沒有朝廷的虎符可以憑驗，所以相君把王包圍起來實在是做得對的，我魏勃請替您帶兵看守王吧。」召平相信了他的話。魏勃領兵以後，就包圍了相府，召平自殺。於是齊王任命駟鈞為相，魏勃為將軍，祝午為內史，把國內兵馬統統調動起來。

使祝午東詐琅邪王曰[1]：「呂氏作亂，齊王發兵欲西誅之。齊王自以年少，不習兵革之事，願舉國委大王。大王，自高帝將也；請大王幸之臨淄，見齊王計事。」琅邪王信之，西馳見齊王。齊王因留琅邪王，而使祝午盡發琅邪國兵，幷將之。琅邪王說齊王曰：「大王，高皇帝適長孫也[2]，當立；今諸大臣狐疑未有所定；而澤於劉氏最為長年，大臣固待澤決計。今大王留臣，無為也，不如使我入關計事[3]。」齊王以為然，乃益具車送琅邪王。琅邪王既行，齊遂舉兵西攻濟南[4]；遺諸侯王書[5]，陳諸呂之

齊王派祝午東出哄騙琅邪王劉澤說：「呂氏作亂，齊王發兵準備西進誅討。齊王自己考慮年紀輕，不懂軍事，想把齊國的一切都交託給大王。大王在高帝時就充任過將領，請大王臨幸臨淄，和齊王當面商量。」琅邪王相信了這番話，趕忙西出去見齊王。齊王就此扣留琅邪王，派祝午去把琅邪國的兵馬統統調動起來，一併歸自己統率。琅邪王誘說齊王道：「大王是高皇帝的嫡長孫，應當立為皇帝；現在大臣們狐疑不定，而澤在劉氏中年齡最大，大臣們本來等待澤去決策。如今大王留住臣，並沒有用，不如讓我進關去商量。」齊王認為說得有道理，就多備車馬送琅邪王。琅邪王動身以後，齊

罪，欲舉兵誅之。

相國呂產等聞之，乃遣潁陰侯灌嬰將兵擊之。灌嬰至滎陽⑥，謀曰：「諸呂擁兵關中，欲危劉氏而自立。今我破齊還報，此益呂氏之資也。」乃留屯滎陽，使使諭齊王及諸侯與連和，以待呂氏變，共誅之。齊王聞之，乃還兵西界待約。

❶ 琅邪（yá）王：名劉澤。高帝：漢高祖劉邦。幸：古時帝王親臨叫幸。臨淄：當時齊國都，今山東臨淄。❷ 適（dí）：通「嫡」。❸ 關：指函谷關。❹ 濟南：今山東濟南東。❺ 遺（wèi）：送。❻ 滎（xíng）陽：今河南滎陽。

王就舉兵西攻濟南，送信給諸侯王，列舉諸呂的罪狀，說想要舉兵誅討。

相國呂產等知道這個消息，就派潁陰侯灌嬰帶兵去打齊王。灌嬰到了滎陽，策劃道：「諸呂擁兵關中，想危害劉氏而自立。現在我如果打敗齊軍回報，這就增加了呂氏的資本。」於是停駐在滎陽，派使者告知齊王及諸侯要和他們合作，來等待呂氏變亂，就共同誅討。齊王聽了，就退兵到齊國西部邊界以等待實現盟約。

呂祿、呂產欲作亂，內憚絳侯、朱虛等①，外畏齊、楚兵；又恐灌嬰畔之，欲待灌嬰兵與齊合而發，猶豫未決。

當是時，濟川王太、淮陽王武、常山王朝及魯王張偃皆年少，未之國，居長安；趙王祿、梁王產各將兵居南、北軍；皆呂氏之人也。列侯羣臣莫自堅其命。

太尉絳侯勃不得主兵②。曲周侯酈商老病，其子寄與呂祿善。絳侯乃與丞相陳平謀，使人劫酈商，令其子寄往紿

呂祿、呂產想要作亂，但對內顧忌絳侯、朱虛侯等人，外邊害怕齊、楚的兵馬；又擔心灌嬰背叛，要等待灌嬰軍和齊軍交戰以後再發動，猶豫不定。

這時候，濟川王劉太、淮陽王劉武、常山王劉朝以及魯王張偃年齡都太小，沒有前往各自的封國，住在長安；趙王呂祿、梁王呂產各自帶兵掌管南、北軍。朝廷到處都是呂氏的人。列侯和大臣們對保全自己的性命都沒有信心。

太尉絳侯周勃不能掌握兵權。曲周侯酈商年老多病，他兒子酈寄和呂祿友好。絳侯便與丞相陳平商量，派人劫持酈

說呂祿曰：「高帝與呂后共定天下，劉氏所立九王，呂氏所立三王③，皆大臣之議，事已布告諸侯，皆以為宜。今太后崩，帝少，而足下佩趙王印④，不急之國守藩，乃為上將，將兵留此，為大臣、諸侯所疑。足下何不歸將印，以兵屬太尉；請梁王歸相國印，與大臣盟而之國。齊兵必罷，大臣得安；足下高枕而王千里，此萬世之利也。」呂祿信然其計，欲以兵屬太尉；使人報呂產及諸呂老人，或以為便，或曰不便，計猶豫未有所決。

❶ 憚（dàn）：懼怕。❷ 太尉：當時的全國最高軍事長官。❸ 九王：指劉氏所封的楚、代、淮南、吳、琅邪、齊、常山、淮陽、濟川九王。三王：指呂氏所封的梁、趙、燕三王。❹ 足下：稱對方所用的敬詞。

商，叫他兒子酈寄去騙呂祿：「高皇帝和呂后共同平定天下，劉氏所立有九個王，呂氏所立有三個王，都經大臣們議定，已通告諸侯，都認為合適。如今太后駕崩，皇帝年紀小，而您佩着趙王印，不趕快到封國去充當藩臣，卻身為上將，帶兵留在京城，被大臣、諸侯猜疑。您何不歸還將印，把軍隊歸屬太尉，再請梁王歸還相國印，和大臣們結盟，然後前往封國。這樣齊王必定罷兵，大臣得以安心，您則可高枕無憂而稱王千里之地，這才是萬世之利。」呂祿相信並同意他的辦法，打算把軍隊歸屬於太尉，派人報知呂產及諸呂老人，這些人中，有的認為這麼做妥當，有的認為不妥，猶豫未能有所決斷。

呂祿信酈寄，時與出游獵，過其姑呂嬃①。嬃大怒曰：「若為將而棄軍，呂氏今無處矣！」乃悉出珠玉、寶器散堂下，曰：「毋為他人守也！」

九月，庚申旦，平陽侯窋行御史大夫事②，見相國產計事。郎中令賈壽使從齊來，因數產曰③：「王不早之國，今雖欲行，尚可得耶！」具以灌嬰與齊、楚合從欲誅諸呂告產④，且趣產急入宮⑤。平陽侯頗聞其語，馳告丞相、太尉。

太尉欲入北軍，不得入。襄平侯紀

呂祿信任酈寄，時常一起外出遊獵，順便探望姑姑呂嬃。呂嬃大怒道：「你身為上將卻放棄軍隊，呂氏如今沒有安身之地了！」於是把珠玉、寶器散置堂下，說：「何必替人家看守！」

九月庚申（十日）早上，平陽侯曹窋職掌御史大夫之權，去見相國呂產商量事情。郎中令賈壽出使齊國回來，責怪呂產道：「大王不早到封國去，現在即使想去，還去得成嗎！」他們把灌嬰與齊、楚合縱想誅討諸呂的打算告訴了呂產，並且催促呂產趕快進宮。平陽侯聽到這番話，立即騎馬去報告丞相陳平、太尉周勃。

通尚符節⑥，乃令持節矯內太尉北軍⑦。太尉復令酈寄與典客劉揭先說呂祿曰⑧：「帝使太尉守北軍，欲足下之國。急歸將印，辭去！不然，禍且起。」呂祿以為酈況不欺己⑨，遂解印屬典客，而以兵授太尉。太尉至軍，呂祿已去。太尉入軍門，行令軍中曰：「為呂氏右袒，為劉氏左袒！」軍中皆左袒。太尉遂將北軍；

❶ 呂須（xū）：呂后的妹妹，是呂祿的姑母。❷ 平陽侯：平陽侯曹窋（chù）。❸ 數（shuò）：指責，埋怨。❹ 合從：戰國時六國聯盟以進攻秦國，稱「合縱」。時齊、楚俱在東部，西向討伐關中諸呂，與戰國時「合縱」相類似，故稱「合從」。「從」、「縱」古時相通。❺ 趣（cù）：通「促」，催促。❻ 尚：掌管。符節：古代傳達命令、徵調兵將，出入門關等所用的憑證。❼ 矯：這裏指矯詔。內（nà）：通「納」。❽ 典客：負責接待外國及少數民族使者的官員。❾ 酈況：即酈寄。

太尉周勃想要進入北軍，進不去。襄平侯紀通掌管符節，太尉就叫他持着節假傳聖旨送太尉進入北軍。太尉又叫酈寄和典客劉揭先去勸說呂祿：「現在皇帝命令太尉駐守北軍，想叫足下去封國。該趕快歸還將印，離開這裏！否則，災禍就要臨頭。」呂祿認為酈寄不會欺騙自己，就把將印解下來交給典客，把軍隊交給太尉。太尉周勃到達北軍時，呂祿已經離去。太尉進入軍門，在軍中發佈命令說：「支持呂氏的袒露右臂，支持劉氏的袒露左臂！」軍中統統袒露左臂。太尉就此控制了北軍，然尚有南軍。丞相平乃召朱虛侯章佐太尉；太尉令朱虛侯監軍門，令平陽侯告衛尉①：「毋入相國產殿門！」

呂產不知呂祿已去北軍，乃入未央宮，欲為亂。至殿門，弗得入，徘徊往來。平陽侯恐弗勝，馳語太尉。太尉尚恐不勝諸呂，未敢公言誅之，乃謂朱虛侯曰：「急入宮衛帝！」朱虛侯請卒，太尉予卒千餘人。入未央宮門，見產廷中。日餔時②，遂擊產；產走。天風大起，以故其從官亂，莫敢鬥；逐產，殺之郎中府吏廁中。朱虛侯已殺產，帝命謁者持

但還有南軍。丞相陳平召來朱虛侯劉章輔佐太尉，太尉叫朱虛侯監守軍門，叫平陽侯去通知衞尉：「不准讓相國呂產進入殿門！」

呂產不知道呂祿已經離開北軍，就進了未央宮，想要作亂。到了殿門，不能進入，在門外徘徊往來。平陽侯擔心不能取勝，迅速把情況報告太尉。太尉還怕對付不了諸呂，沒有敢公開說誅討，只對朱虛侯說：「趕快進宮保衞皇帝！」朱虛侯要求派兵，太尉給了他一千多人。朱虛侯進入未央宮門，在廷中見到呂產。大約下午四時，對呂產下手，呂產逃跑。天上狂風大作，弄得呂產的從官亂成一團，沒

節勞朱虛侯③。朱虛侯欲奪其節，謁者不肯。朱虛侯則從與載，因節信馳走，斬長樂衛尉呂更始。還，馳入北軍報太尉，太尉起拜賀。朱虛侯曰：「所患獨呂產；今已誅，天下定矣！」遂遣人分部悉捕諸呂男女，無少長皆斬之。辛酉，捕斬呂祿而笞殺呂嬃④，使人誅燕王呂通而廢魯王張偃。戊辰，徙濟川王王梁。遣朱虛侯章以誅諸呂事告齊王，令罷兵。

❶ 衛尉：皇宮警衛部隊的長官。❷ 餔（bū）：通「晡」，申時，即午後四時以後。❸ 謁者：給皇帝傳達命令等的官員。❹ 笞（chī）：用鞭子或棍棒敲打人。

有人敢反抗格鬥，朱虛侯追趕呂產，在郎中令府吏的廁所裏把他殺死。朱虛侯既已殺了呂產，皇帝派謁者持了符節來慰問朱虛侯。朱虛侯想奪取符節，謁者不肯。朱虛侯便跟他上了車，憑藉謁者所持的符節驅馳，進入長樂宮，殺掉長樂衛尉呂更始。回過頭來馳入北軍向太尉報告，太尉起身拜賀。朱虛侯說：「麻煩的只有呂產；現今已殺掉，天下安定了！」於是派人分頭把諸呂男女統統抓起來，不分長幼都斬殺。辛酉（十一日），捕斬呂祿，打死呂嬃，派人去誅殺燕王呂通，廢黜魯王張偃。戊辰（十八日），改派濟川王劉太去做梁王。又派朱虛侯劉章把誅滅諸呂的事告訴齊王，叫他罷兵。

灌嬰在滎陽，聞魏勃本教齊王舉兵，使使召魏勃至，責問之，勃曰：「失火之家，豈暇先言丈人而後救火乎①！」因退立，股戰而栗，恐不能言者，終無他語。灌將軍熟視笑曰：「人謂魏勃勇；妄庸人耳，何能為乎！」乃罷魏勃。灌嬰兵亦罷滎陽歸。

❶ 丈人：長者。

灌嬰在滎陽，聽說魏勃本來是教唆齊王起兵的，派使者召魏勃前來，責問他。魏勃說：「失火的人家，怎有時間先報告長者然後才救火！」說完就退立到一邊，兩條腿發抖，恐懼得不能言語，再不說別的話。灌將軍仔細看了後笑着說：「人們說魏勃勇，其實是狂妄的庸人而已，能幹得了甚麼呢！」於是放了魏勃。灌嬰的軍隊也撤離滎陽返回長安。

霍光秉政

——權力之爭的勝利者

好大喜功的漢武帝去世後，霍光、上官桀、桑弘羊等大臣以及皇室之間又出現了權力之爭，霍光在漢昭帝的支持下取得了勝利。

本篇選自《資治通鑒》卷二三漢紀昭帝元鳳元年（前80）。全篇對當時的矛盾鬥爭，對當時政治派系的狀態，作了很清楚的交代。對年僅十四歲的漢昭帝的描寫，尤其是他在朝堂上合乎邏輯的判斷，更是點睛之筆。

上官桀父子既尊①，盛德長公主②，欲為丁外人求封侯③，霍光不許。又為外人求光祿大夫④，欲令得召見，又不許。長公主以是怨光，而桀、安數為外人求官爵弗能得，亦慚。又桀妻父所幸充國為太醫監⑤，闌入殿中，下獄當死；冬月且盡⑥，蓋主為充國入馬二十匹贖罪⑦，乃得減死論。於是桀、安父子深怨光而重德蓋主。自先帝時，桀已為九卿⑧，位在光右⑨，及父子並為將軍，皇后親安女，光乃其外祖⑩，而顧專制朝事，由是與光爭權。燕王旦自以帝兄不得立，常懷怨望。及御史大夫桑弘羊建造酒榷、鹽、鐵⑪，為國興

上官桀父子顯貴了，很感激長公主，就想要求給丁外人封個侯爵，霍光不准。又想為丁外人求個光祿大夫，好讓他能夠得到召見，霍光又不准。長公主因此對霍光很怨恨，而上官桀、上官安幾次給丁外人討官爵不成，也感到失面子。又，上官桀岳父所寵倖的一個名叫充國的太醫監，擅自闖進宮殿裏，被逮捕下獄，當處死；冬月將盡，蓋主繳納二十匹馬為充國贖罪，才使充國得以減罪免死。於是上官桀、上官安父子深恨霍光而更加感激蓋主。在漢武帝時，上官桀已官居九卿之列，地位在霍光之上，等到父子都任將軍，皇后是上官安的親生女，霍光只是皇后的外祖父，反而專斷朝廷政事，因此上

利，伐其功，欲為子弟得官，亦怨恨光。於是蓋主、桀、安、弘羊皆與旦通謀。

旦遣孫縱之等前後十餘輩，多齎金寶、走馬賂遺蓋主、桀、弘羊等⑫。

❶上官桀父子既尊：當時上官桀是左將軍，他的兒子上官安是昭帝的岳父，被任為車騎將軍。❷長公主：漢武帝長女。漢昭帝是她撫養大的。而上官安之女被立為皇后，是她出的力。❸丁外人：姓丁名外人，為長公主所寵倖，形同夫婦。根據漢代制度，凡公主的丈夫，應具有列侯的身份，因此，上官桀父子想為丁外人求封侯。❹光祿大夫：當時供皇帝顧問的官員。❺太醫監：皇室的醫生叫太醫，太醫監是太醫們的辦公機構。❻冬月且盡：冬月，冬天的十、十一、十二月。當時規定，判了死罪的犯人必須在本年冬月裏執行。❼蓋主：即上面所説的長公主，她嫁給蓋侯，故稱「蓋主」。入馬二十匹：將二十匹馬納入官府，漢代有以財貨贖罪的制度。❽九卿：漢代一般以太常、光祿勳、衛尉、太僕、廷尉、大鴻臚、宗正、大司農、少府為九卿，是中央的高級官員。漢武帝時上官桀已任太僕。❾位在光右：霍光在漢武帝時，由郎官漸升至光祿大夫，位仍在太僕上官桀之下，到武帝臨終以霍光為大司馬大將軍，位才在上官桀之上。❿光乃其外祖：霍光的長女為上官安之妻，故為上官安之女的外祖父。⓫榷（què）：專賣。鹽、鐵：指鹽鐵官營。⓬齎（jī）：帶上。走馬：能跑的快馬，駿馬。

上官桀要和霍光爭權。燕王劉旦自以為是皇帝的哥哥而未能立為皇帝，常懷怨恨不軌之心。而御史大夫桑弘羊設置酒榷並官營鹽鐵，替國家興利，自誇有功，想給子弟們弄官做，也怨恨霍光。於是蓋主、上官桀、上官安、桑弘羊都和燕王劉旦通謀。

劉旦派孫縱之等人前後十多起，帶上很多黃金、寶器和駿馬來賄賂蓋主、上官桀、桑弘羊等人。

桀等又詐令人為燕王上書，言：「光出都肄郎、羽林①，道上稱蹕②，太官先置③。」又引蘇武使匈奴二十年不降，乃為典屬國④，大將軍長史敞無功⑤，為搜粟都尉⑥。又擅調益莫府校尉⑦。光專權自恣，疑有非常。臣旦願歸符璽，入宿衛，察姦臣變。候司光出沐日奏之⑧。桀欲從中下其事，弘羊當與諸大臣共執退光。書奏，帝不肯下。明旦，光聞之，止畫室中不入⑨。上問：「大將軍安在？」左將軍桀對曰：「以燕王告其罪，故不敢入。」有詔：「召大將軍。」光入，免冠，頓首謝。上曰：「將軍冠！朕知是書詐也，將軍無罪。」光曰：「陛下何以知之？」上曰：「將軍之廣明都

上官桀等人又叫人用燕王的名義上書，說：「霍光在外對郎官和羽林騎總檢閱，在路上竟假冒皇上威儀，叫太官提前準備飲食。」又引蘇武出使匈奴二十年不投降，回國後才做到典屬國的事情，指出大將軍的長史楊敞沒有功勞，卻做了搜粟都尉。並說霍光還擅自選增大將軍幕府的校尉。霍光如此專權驕橫，可能會有非常的舉動。臣旦願意歸還燕王的符節璽印，入朝宿衛，監視奸臣以防變亂。他們等霍光離開宮禁休假的那一天，將這封書上奏給皇帝。上官桀準備在宮禁裏把這個案子發下來，桑弘羊將和大臣們脅迫霍光退職。這封書奏上後，皇帝不肯發下來處理。第二天早上，霍光知道了，停留在畫室裏不再入殿。皇帝問：「大將軍在哪裏？」左將軍上官桀答道：「因為燕王告他有罪，

郎⑩，近耳；調校尉以來，未能十日，燕王何以得知之！且將軍為非，不須校尉。」是時帝年十四，尚書、左右皆驚。而上書者果亡，捕之甚急。桀等懼，白上：「小事不足遂。」上不聽。後桀黨與有譖光者⑪，上輒怒曰：「大將軍忠臣，先帝所屬以輔朕身，敢有毀者坐之⑫！」自是桀等不敢復言。

❶ 都肄（yì）：總檢閱。郎：郎官。羽林：羽林騎。都是當時皇帝的侍從警衛。❷ 趕（bì）：或作「蹕」。皇帝出行稱「趕」，以禁止行人。❸ 太官：漢代負責皇帝飲食的官。先置：皇帝出行，太官要提前到休息處準備好飲食。❹ 典屬國：漢代負責掌管少數民族以及外國交往事務的官。❺ 長史：大將軍府中的主要官員。❻ 搜粟都尉：漢代負責軍事時期財務的官，不常設，級別同典屬國。❼ 調益：增選。莫（mù）府：即幕府，軍隊出征時用帳幕，所以大將軍府可叫「幕府」。❽ 司（sì）：同「伺」。沐：洗澡。古代官員休假叫「休沐」。❾ 畫室：有雕畫的房子。❿ 廣明：廣明亭，在長安城東。⓫ 譖（zèn）：誣陷。⓬ 毀：詆毀，誣告。坐：犯罪。

所以不敢入殿。」皇帝下詔：「召大將軍。」霍光進入殿中，脫掉了帽子，叩頭謝罪。皇帝說：「將軍戴上帽子！朕知道這封書有假，將軍無罪。」霍光說：「陛下怎會知道？」皇帝說：「將軍到廣明檢閱郎官，是前不久的事情；選用校尉到現在，還不到十天，燕王何以能知道！何況將軍如果要謀反，也無須用校尉。」這時皇帝才十四歲，尚書、左右的大臣聽了都大為吃驚。而那個上書者果真逃掉了，就加緊搜捕。上官桀等人害怕起來，對皇帝說：「小事情不值得追究。」皇帝不聽。後來上官桀黨羽中有誣陷霍光的，皇帝就發怒說：「大將軍是忠臣，是先帝囑咐他來輔佐我的，誰敢詆毀他就治罪！」從此上官桀等人不敢再說甚麼。

……

桀等謀令長公主置酒請光，伏兵格殺之，因廢帝，迎立燕王為天子。旦置驛書往來相報，許立桀為王，外連郡國豪傑以千數。旦以語相平，平曰：「大王前與劉澤結謀①，事未成而發覺者，以劉澤素夸，好侵陵也。平聞左將軍素輕易，車騎將軍少而驕，臣恐其如劉澤時不能成，又恐既成反大王也。」旦曰：「前日一男子詣闕，自謂故太子②，長安中民趣鄉之，正讙不可止③。大將軍恐，

……

上官桀等人策劃讓長公主辦了酒宴請霍光，埋伏兵卒把他殺死，就此廢掉皇帝，迎立燕王劉旦為皇帝。劉旦用郵驛和他們書信往來，答應立上官桀為王，還外連郡國的豪傑幾千人。劉旦把這件事告訴了燕相平，平說：「大王以前和劉澤通謀，之所以事未成就被發覺，是由於劉澤一向虛誇，喜歡侵犯凌辱他人。平聽說左將軍上官桀處事素欠穩重，車騎將軍上官安年紀輕而且驕慢，臣擔心會像和劉澤通謀時那樣不能成功。又擔心即使成功了，他們會反叛大王。」劉旦說：「前些日子一個男子前往宮闕，自稱是故太子，長安

出兵陳之，以自備耳。我，帝長子，天下所信，何憂見反！」後謂羣臣：「蓋主報言，獨患大將軍與右將軍王莽④。今右將軍物故⑤，丞相病，幸事必成，徵不久。」令羣臣皆裝。

安又謀誘燕王至而誅之，因廢帝而立桀。或曰：「當如皇后何？」安曰：「逐麋之狗⑥，當顧菟邪⑦！」

❶ 劉澤：齊孝王劉將閭之孫，不是《誅滅諸呂》中講到的琅邪王劉澤。漢昭帝始元元年（前86），燕王旦認為自己年長於昭帝，當繼承帝位，聯絡劉澤等人想謀反，事泄，劉澤等皆被殺。昭帝因與燕王旦是至親，未加追究。❷ 故太子：指武帝的太子，武帝徵和二年（前91）因巫蠱之事逃亡自殺，但當時流傳他未死。❸ 讙（huān）：喧譁，吵鬧。❹ 王莽：不是後來奪取政權建立新朝的王莽。❺ 物故：亡故。❻ 麋（mí）：麋鹿。❼ 菟（tù）：同「兔」。

城中的居民跑來擁護他，吵鬧得無法制止。大將軍害怕了，出兵列陣自衞。我，是先帝的長子，為天下所信服，哪怕甚麼反叛！」後來又對臣下說：「蓋主通報消息說，麻煩的只有大將軍和右將軍王莽。如今右將軍已亡故，丞相有病，大事有幸必定成功，不久就會來徵召了。」命令臣下都整治行裝。

上官安又陰謀把燕王誘來殺掉，就此廢黜皇帝而擁立上官桀。有人問：「該考慮一下皇后吧？」上官安說：「正在追逐麋鹿的獵狗，還會顧及兔子嗎！」

且用皇后為尊，一旦人主意有所移，雖欲為家人亦不可得①。此百世之一時也！」會蓋主舍人父稻田使者燕倉知其謀②，以告大司農楊敞。敞素謹，畏事，不敢言，乃移病臥，以告諫大夫杜延年；延年以聞。九月，詔丞相部中二千石逐捕孫縱之及桀、安、弘羊、外人等③，幷宗族悉誅之；蓋主自殺。燕王旦聞之，召相平曰：「事敗，遂發兵乎？」平曰：「左將軍已死，百姓皆知之，不可發也。」王憂懣④，置酒與羣臣、妃妾別。會天子以璽書讓旦⑤，旦以綬自絞死⑥，后、夫人隨旦自殺者二十餘人。天子加恩，赦王

況且依靠皇后而尊顯，一旦皇帝的心意有所轉移，即使想當普通百姓也不成。這是百世難遇的好時機啊！」這時蓋主舍人的父親稻田使者燕倉知道了他們的陰謀，報告了大司農楊敞。楊敞素來謹慎怕事，不敢上告，就上書稱病，只把情況告訴了諫大夫杜延年，杜延年上告皇帝。九月，皇帝下詔丞相所部二千石追捕孫縱之和上官桀、上官安、桑弘羊、丁外人等，連同他們的宗族統統處斬，而蓋主自殺。燕王旦聽到這個消息，召國相平說：「事情已經失敗，是否馬上發兵？」平說：「左將軍已經死了，百姓都已知道，不可再發兵了。」燕王憂愁憤懣，安排了酒宴和羣臣、妃妾們訣別。正好這時皇帝下

太子建為庶人⑦，賜旦謚曰刺王⑧。皇后以年少，不與謀，亦霍光外孫，故得不廢。

璽書指責劉旦，劉旦就用綬帶把自己絞死，王后、夫人跟隨劉旦自殺的有二十多人。天子加恩，赦免王太子劉建為庶人，賜劉旦謚為刺王。皇后因為年紀小，沒有參與陰謀，同時還是霍光的外孫女，因此得以不被廢黜。

❶家人：普通老百姓。❷舍人：漢代皇后、公主的屬官。稻田使者：徵收稻田賦稅的官，屬大司農管。燕（yān）倉：姓燕名倉。❸二千石：漢代郡太守的俸祿為二千石，所以也用「二千石」來稱太守。❹懣（mèn）：憤怒。❺璽書：古代加封鈐印的文書，秦以後專指皇帝的詔書。❻綬（shòu）：絲帶。❼庶人：普通老百姓。❽剌（là）：違逆。古代帝王、貴族、大臣等死後，多依其生前事蹟給予一定的謚號。「剌」就是劉旦的壞謚號。

昆陽之戰

——以少勝多的戰例

西漢末年，王莽奪取政權，建立新朝。但不久就出現綠林、赤眉等起義軍以及各地擁漢勢力的反抗。昆陽之戰是雙方的一次大決戰，號稱百萬的新莽軍隊一敗塗地，從而宣告了新莽政權的崩潰。後人常把它作為我國歷史上以少勝多的一個戰例。

本篇選自《資治通鑑》卷三九漢紀淮陽王更始元年

（23）。文中除了對整個戰爭加以描述之外，尤其突出了後來成為東漢開國皇帝的劉秀（光武帝）在這次戰役中的作用，渲染了他的見識和膽略，溢美之處恐怕也是有的。

王莽聞嚴尤、陳茂敗①，乃遣司空王邑馳傳②，與司徒王尋發兵平定山東③；徵諸明兵法六十三家以備軍吏，以長人巨毋霸為壘尉④，又驅諸猛獸虎、豹、犀、象之屬以助威武。邑至洛陽⑤，州郡各選精兵，牧守自將，定會者四十三萬人，號百萬；餘在道者，旌旗、輜重⑥，千里不絕。夏五月，尋、邑南出潁川⑦，與嚴尤、陳茂合。

諸將見尋、邑兵盛，皆反走，入昆陽⑧，惶怖，憂念妻孥⑨，欲散歸諸城。劉秀曰：「今兵穀既少而外寇強大，并力

王莽聽說嚴尤、陳茂戰敗，就派司空王邑乘上傳車快速出動，和司徒王尋發兵平定山東；徵集懂得兵法的人有六十三家以充軍吏，用長人巨毋霸為壘尉，又驅使各種猛獸如虎、豹、犀牛、大象之類來壯軍威。王邑到了洛陽，各地州郡分頭選派精兵，由州牧、郡守自己率領，定期會合的有四十三萬人，號稱百萬，其餘還在道路上的，盡是旌旗、輜重，絡繹千里不絕。這年夏天五月，王尋、王邑等向南出發到潁川，和嚴尤、陳茂會合。

各個將領看到王尋、王邑兵勢浩大，都退走進入昆陽，惶恐不安，掛念妻子兒女，想分兵散歸各城。劉秀說：「如今

禦之，功庶可立，如欲分散，勢無俱全。且宛城未拔⑩，不能相救；昆陽即拔，一日之間，諸部亦滅矣。今不同心膽，共舉功名，反欲守妻子財物邪！」諸將怒曰：「劉將軍何敢如是！」秀笑而起。會候騎還，言：「大兵且至城北，軍陳數百里，不見其後。」諸將素輕秀，及迫急，

❶嚴尤：時任納言大將軍；陳茂：時任秩宗大將軍，都是王莽的將領。這是指他們在宛城一帶被劉秀的哥哥劉縯（yǎn）所打敗。❷司空：西漢成帝改御史大夫為司空，御史大夫在漢代本是丞相的副職。傳（zhuàn）：古代驛所備的車輛叫傳車，「傳」就是「傳車」的簡稱。❸司徒：西漢哀帝時改丞相為司徒。山東：當時稱崤山、華山以東的廣大地區為山東，不是指今天的山東省。❹壘尉：主持營壘的武將。❺洛陽：今河南洛陽。❻旌（jīng）：一種旗子。輜（zī）重：輜是一種有帷蓋的大車，「輜重」本是指出行時所帶的包裹箱籠，但後來多指軍用物資。❼潁（yǐng）川：今河南禹州。❽昆陽：今河南葉縣。❾孥（nú）：兒女。❿宛城：今河南南陽。這裏指劉縯正在圍攻宛城。

兵眾和糧穀都缺少，而外邊的敵人很強大，合力抵禦，還可能成功；如果想要分散，勢必都不會保全。況且宛城尚未拿下，不能前來救援，昆陽被打下了，一天中多路義軍就都垮了。現在不同心協力，共成功名，倒還想守住妻兒和財物啊！」將領們發怒道：「劉將軍怎敢這樣！」劉秀笑着站起身。當時正好偵察的騎兵回來，說：「大軍即將到達城北，軍陣長達數百里，不見盡頭。」將領們一向看不起劉秀，等到形勢迫急，

乃相謂曰：「更請劉將軍計之。」秀復為圖畫成敗，諸將皆曰：「諾。」時城中唯有八九千人，秀使王鳳與廷尉大將軍王常守昆陽①，夜與五威將軍李軼等十三騎出城南門，於外收兵。

時莽兵到城下者且十萬，秀等幾不得出。尋、邑縱兵圍昆陽，嚴尤說邑曰：「昆陽城小而堅，今假號者在宛②，亟進大兵，彼必奔走；宛敗，昆陽自服。」邑曰：「吾昔圍翟義③，坐不生得，以見責讓，今將百萬之眾，遇城而不能下，非所以示威也。當先屠此城，蹀血而

才互相說：「再去請劉將軍來商量。」劉秀再給大家規劃成敗，將領們都說：「是。」當時城中只有八九千人，劉秀讓王鳳和廷尉大將軍王常守昆陽，趁夜裏自己和五威將軍李軼等十三騎出昆陽城南門，到外邊去徵調救兵。

當時王莽大軍到達城下的已將近十萬，劉秀等人差一點出不去。王尋、王邑擺開兵馬包圍昆陽，嚴尤勸說王邑道：「昆陽城小而堅固，現在假號稱帝的人在宛城，趕快把大軍開過去，這夥人一定逃走；宛城那邊潰敗了，昆陽自然就會降服。」王邑說：「我此前圍攻翟義，因為沒有當場把他生擒而受到譴責，如今統率

進④，前歌後舞，顧不快邪！」遂圍之數十重，列營百數，鉦鼓之聲聞數十里⑤，或為地道，衝輣撞城⑥；積弩亂發⑦，矢下如雨，城中負戶而汲。王鳳等乞降，不許。尋、邑自以為功在漏刻⑧，不以軍事為憂。嚴尤曰：「《兵法》：『圍城為之闕』⑨。宜使得逸出，以怖宛下。」邑又不聽。……

❶ 廷尉大將軍：起義軍中的官職。❷ 假號者：指劉玄。劉玄係劉氏宗室，被南陽一帶的新市、平林等起義軍立為皇帝。❸ 翟（zhái）義：原為漢東郡太守。起兵反對王莽稱帝，王邑率兵圍翟義於圉城，翟義逃出，最後被捕殺死。❹ 蹀（dié）血：踏血。❺ 鉦（zhēng）鼓：古代軍中鳴鉦以示休止，擂鼓以示進擊。❻ 衝輣（péng）：衝是衝車，古代撞擊敵城之用。輣是輣車，也叫「樓車」，高窺敵城之用。❼ 弩（nǔ）：弩弓。❽ 漏刻：漏是古代的計時器，漏刻就是頃刻。❾ 闕：通「缺」。

百萬大軍，碰上城池不能攻克，則不能顯示軍威。該先屠此城，踏血前進，前歌後舞，豈不痛快！」於是就把昆陽城包圍上幾十重，布列營壘數以百計，鉦鼓的聲音傳出數十里，有的地段挖掘地道，用衝車輣車撞城，弓弩亂發，箭如雨下，城中的人只能背着門板去打水。王鳳等乞求投降，也不被允許。王尋、王邑等自以為頃刻之間便可成功，不再為軍事操心。嚴尤說：「《兵法》上說，圍城要留有缺口。應該讓他們能夠逃出去，讓宛城外的敵人感到恐懼。」王邑又不聽從。……

劉秀至郾、定陵①，悉發諸營兵。諸將貪惜財物，欲分兵守之。秀曰：「今若破敵，珍寶萬倍，大功可成；如為所敗，首領無餘，何財物之有！」乃悉發之。六月，己卯朔②，秀與諸營俱進，自將步騎千餘為前鋒，去大軍四五里而陳；尋、邑亦遣兵數千合戰，秀奔之，斬首數十級③。諸將喜曰：「劉將軍平生見小敵怯，今見大敵勇，甚可怪也！且復居前，請助將軍！」秀復進，尋、邑兵卻，諸部共乘之，斬首數百千級。連勝，遂前，諸將膽氣益壯，無不一當百，秀乃與敢死者三千人從城西水上衝其中堅。

劉秀到郾、定陵，把各路軍營裏的兵馬全部調出。將領們貪戀財物，想要分兵看守。劉秀說：「現在如能打敗敵軍，珍寶比這裏多上萬倍，大功也可告成；如果被打敗，連腦袋都留不住，還能有甚麼財物！」就把他們統統調出來。六月己卯朔日，劉秀和諸營兵馬進逼敵軍，他親自率領了一千多步兵、騎兵充當前鋒，在離敵軍四五里處擺下陣勢；王尋、王邑也派幾千兵前來交戰，劉秀衝殺過去，斬殺好幾十個敵人。將領們高興地說：「劉將軍生平見到小敵膽怯，今天見了大敵勇敢，真可驚奇！請將軍再作為前鋒，我們幫助將軍！」劉秀又前進，王尋、王邑的兵退卻，各路兵一起殺上去，斬殺成百上千個敵

尋、邑易之，自將萬餘人行陳，敕諸營皆按部毋得動，獨迎與漢兵戰。不利，大軍不敢擅相救，尋、邑陳亂，漢兵乘鋭崩之，遂殺王尋。城中亦鼓譟而出，中外合勢，震呼動天地，莽兵大潰，走者相騰踐，伏屍百餘里。會大雷風，屋瓦皆飛，雨下如注，滍川盛溢④，虎豹皆股戰，士卒赴水溺死者以萬數，水為不流。

❶ 郾（yǎn）：今河南漯河郾城。定陵：今河南舞陽北。❷ 朔：陰曆每月初一稱「朔」。❸ 斬首數十級：秦法斬一個敵人的頭賜爵一級，後來就把斬幾個人頭叫做斬首若干級。❹ 滍（zhì）川：經過昆陽城北的一條河流。

人。接連獲勝，就乘勢殺過去，將領們的膽子更大了，無不以一當百，劉秀就和三千不怕死的從城西水邊衝擊敵陣的中堅。王尋、王邑輕視他們，親自率領了一萬多人出陣，指示各營按部停駐不得妄動，單獨迎戰漢軍。沒打好，大軍又不敢擅自救援，王尋、王邑的陣勢亂起來，漢兵乘着鋭氣把他們擊潰，就此殺死王尋。城中的兵也擂起鼓，呼喊着衝出來，內外呼應，殺聲震動天地，新莽軍徹底潰敗，逃路的人互相踐踏，一百多里路上倒滿了屍體。正好遇上打響雷颳狂風，屋上的瓦片都被颳飛。暴雨傾盆而下，滍川的水漲溢出來，虎、豹都害怕得腿發抖，士卒跑到水裏，淹死的數以萬計，以致水都堵塞流不動。

王邑、嚴尤、陳茂輕騎乘死人渡水逃去。盡獲其軍實輜重，不可勝算，舉之連月不盡，或燔燒其餘[1]。士卒奔走，各還其郡，王邑獨與所將長安勇敢數千人還洛陽。關中聞之震恐。於是海內豪傑翕然嚮應[2]，皆殺其牧守，自稱將軍，用漢年號以待詔命；旬月之間[3]，遍於天下。

❶ 燔（fán）：燒。❷ 翕（xī）：一致。❸ 旬：十天為一旬。

王邑、嚴尤輕裝馳馬從死人身上渡水逃跑。漢軍把新莽軍的輜重統統繳獲，多得無法清點，連月搬運都運不完，有些搬不了的就燒掉。新莽軍潰散的士卒四處奔走，各自回到自己的郡邑，只有王邑和他率領的長安勇士數千人返回洛陽。關中聽到這個消息大為震驚。於是海內豪傑一起響應，都殺了當地的州牧、郡守，自稱將軍，改用漢朝的年號以等待詔命；旬月之間，遍及全國。

出使西域

——溝通中原與西域的壯舉

東漢明帝時，為了解決北方匈奴的威脅，需要重新控制西域。投筆從戎的班超完成了這個歷史任務。

本篇選自《資治通鑒》卷四五漢紀明帝永平十六年（73）。文中對班超的臨危不懼、大智大勇，作了很生動的描述。

固使假司馬班超與從事郭恂俱使西域①。超行到鄯善②，鄯善王廣奉超禮敬甚備，後忽更疏懈。超謂其官屬曰：「寧覺廣禮意薄乎？」官屬曰：「胡人不能常久③，無他故也。」超曰：「此必有北虜使來④，狐疑未知所從故也。明者睹未萌，況已著邪！」乃召侍胡，詐之曰：「匈奴使來數日，今安在乎？」侍胡惶恐曰：「到已三日，去此三十里。」超乃閉侍胡，悉會其吏士三十六人，與共飲，酒酣，因激怒之曰：「卿曹與我俱在絕域⑤，今虜使到裁數日⑥，而王廣禮敬即廢。如令鄯善收吾屬送匈奴，骸

竇固派遣假司馬班超和從事郭恂一起出使西域。班超前行到達鄯善，鄯善國王廣接待班超，禮節極為周到，可後來忽然變得疏慢起來。班超對他的部下說：「是否覺得國王廣在禮節上不如以前了？」部下說：「胡人做事有頭無尾，不見得會有甚麼別的緣故。」班超說：「這一定是有北虜匈奴的使者來到，使國王在依從漢還是依從匈奴的問題上猶豫不定啊。明白人要在事情尚未露頭時就覺察，何況情況已如此清楚！」於是把服侍他們的胡人找來，騙他說：「匈奴使者來了幾天，現在他們在哪裏？」這個胡人驚惶不安地說：「來到已經三天，住處離這裏有三十里。」班超就把這個胡人關起來，召

骨長為豺狼食矣⑦，為之奈何？」官屬皆曰：「今在危亡之地，死生從司馬！」超曰：「不入虎穴，不得虎子。當今之計，獨有因夜以火攻虜，使彼不知我多少，必大震怖，可殄盡也⑧。滅此虜，則鄯善破膽，功成事立矣。」眾曰：「當與從事議之。」

❶ 固：竇固，當時和耿忠等奉命出兵攻打匈奴。假司馬：竇固出征時軍中的部屬，職位次於軍司馬。假：假借，即非正職的司馬，只是暫用司馬名義而已。從事：漢代以來高級官員的僚屬多任命為從事。❷ 鄯（shàn）善：西域國名，原名樓蘭，在今新疆若羌一帶。❸ 胡人：漢人本稱匈奴為「胡」，稱匈奴以東的少數民族為「東胡」，匈奴以西、西域的少數民族以及中亞的外國人為「西胡」，後來又省略這個「西」字，通稱「西胡」為「胡」。❹ 北虜：對匈奴的貶稱，因為匈奴在正北方。❺ 絕域：極邊遠的地方。❻ 裁：通「才」。❼ 骸（hái）骨：屍骨。❽ 殄（tiǎn）：殲滅。

集自己帶來的官吏士兵一共三十六人，一起喝酒，趁喝得高興，激怒他們說：「諸位和我都身處絕域，如今北虜使者到了才幾天，國王廣對我們已不再禮貌。如果讓鄯善把我們抓起來送往匈奴，我們的屍骨也就只能成為豺狼的口中食物了，該怎麼辦？」部下都說：「如今處於危亡之地，是死是活都聽從司馬！」班超說：「不進老虎洞，抓不到小老虎。如今之計，只有趁夜火攻北虜，使他們不知道我們有多少人，必定大為震驚恐懼，可把他們全部殲滅。殲滅了這些北虜，鄯善的膽被嚇破，就可建立大功。」大家說：「該和從事郭恂商量一下。」

超怒曰：「吉凶決於今日；從事文俗吏，聞此必恐而謀泄，死無所名，非壯士也。」眾曰：「善！」

初夜，超遂將吏士往奔虜營。會天大風，超令十人持鼓藏虜舍後，約曰：「見火然①，皆當鳴鼓大呼。」餘人悉持兵弩，夾門而伏。超乃順風縱火；前後鼓譟，虜眾驚亂，超手格殺三人，吏兵斬其使及從士三十餘級，餘眾百許人悉燒死。明日乃還，告郭恂，恂大驚；既而色動，超知其意，舉手曰：「掾雖不行②，班超何心獨擅之乎！」恂乃悦。超

班超發怒説：「好壞決定在今日，從事是個只懂文墨的平庸官吏，知道了必定害怕而使計謀外泄，這樣我們死得就會沒有名目，不像個好漢！」大家説：「對！」

天黑下來不久，班超就率領官吏士卒直奔虜營。正好天颳大風，班超派十個人帶着鼓躲到北虜屋舍的後面，約定：「見到火燒起來，都要擂鼓吶喊。」餘下的人都帶着兵刃和弓弩，在門兩邊埋伏。班超順風放火，前後擂鼓吶喊，北虜慌了，亂成一團，被班超親手斬殺了三個，官吏士卒們殺死那使者和三十多個隨從，餘下的一百多人全被燒死。第二天返回，告訴了郭恂，恂大為吃驚，接着臉色變了，

於是召鄯善王廣，以虜使首示之，一國震怖。超告以漢威德：「自今以後，勿復與北虜通！」廣叩頭：「願屬漢，無二心。」遂納子為質③。

還白竇固，固大喜，具上超功效，幷求更選使使西域。帝曰：「吏如班超，何故不遣，而更選乎？今以超為軍司馬，令遂前功④！」

❶ 然：通「燃」。❷ 掾（yuàn）：古代屬官的通稱，這裏指郭恂。❸ 質：抵押品，這裏指人質。❹ 遂：完成。

班超明白他的意思，舉了舉手說：「你雖然沒有前去，班超怎有心獨佔這份功勞呢！」郭恂才高興起來。班超於是把鄯善王廣召來，把匈奴使者的頭給他看，整個鄯善國都感到震驚恐懼。班超宣示漢朝的國威恩德，說：「從今以後，不要再和北虜往來了！」國王廣叩頭，表示：「情願歸屬漢朝，沒有二心。」還把兒子送到洛陽去做人質。

班超返回報告竇固，竇固很高興，把班超的功勞詳細上奏皇帝，並請求再選派使者出使西域。皇帝說：「官吏像班超這樣的為何不派卻要再選呢？現任命班超為軍司馬，讓他繼續完成以前的功業！」

固復使超使于窴①，欲益其兵；超願但將本所從三十六人，曰：「于窴國大而遠，今將數百人，無益於強；如有不虞，多益為累耳。」

是時于窴王廣德雄張南道②，而匈奴遣使監護其國。超既至于窴，廣德禮意甚疏。且其俗信巫，巫言：「神怒，何故欲向漢？漢使有騧馬③，急求取以祠我！」廣德遣國相私來比就超請馬。超密知其狀，報許之，而令巫自來取馬。有頃，巫至，超即斬其首；收私來比，鞭笞數百。以巫首送廣德，因責讓之。

竇固再次派遣班超出使于窴，要給他增添兵馬，班超表示只帶原先跟從自己的三十六人，說：「于窴國大，距離中原遠，今天帶領幾百人，也未必增加多少力量。若有不測，人多反而會受牽累。」

這時的于窴國王名叫廣德，稱雄於南道。而匈奴則派使者駐于窴監護。班超到了于窴以後，廣德在接待上很疏慢。當地風俗是相信巫術，巫師說：「神發怒了，說為甚麼要歸向漢朝？漢朝的使者有匹騧馬，快取來祭祀神！」廣德派相國名叫私來比的向班超要馬。班超已經探悉情況，回答可以，要巫師親自來取馬。不一會兒，巫師到了，班超當即將他處斬，

廣德素聞超在鄯善誅滅虜使，大惶恐，即殺匈奴使者而降。超重賜其王以下，因鎮撫焉。於是諸國皆遣子入侍，西域與漢絕六十五載④，至是乃復通焉。

❶ 于寘（tián）：也作「于闐」。西域國名，在今新疆和田一帶。❷ 南道：當時通西域的有南、北兩道。于寘地處南道。❸ 騧（guā）馬：黑嘴黃馬。
❹ 西域與漢絕六十五載：西漢時已通西域，王莽時西域和中原斷絕關係，這六十五年是從王莽始建國元年（9）算起。

把私來比也抓起來，用鞭子抽打了幾百下。把巫師的腦袋送給廣德，並責問他。廣德早就聽說班超在鄯善誅滅匈奴使者，這時大為惶恐，就殺掉匈奴使者降漢。班超重重地賞賜了國王及其臣下，以安定撫慰他們。於是西域各國都派遣王子入侍朝廷，西域和漢朝隔絕了六十五年，到這時方又恢復了關係。

黨錮之禍

——宦官對士人的迫害

東漢末年，外戚、宦官和士人集團的矛盾激化。宦官集團左右朝政，在漢桓帝延熹九年（166）逮捕了以李膺為首的士人，下令禁錮終身，不許做官。到漢靈帝建寧二年（169），又挾持皇帝捕殺李膺、杜密等所謂「黨人」，史稱「黨錮之禍」。

本篇選自《資治通鑒》卷五六漢紀靈帝建寧二年

（一六九），都是有關搜捕黨人的記述。其中對范滂等人的氣節作了讚許，但對張儉為了保全自己性命而殃及他人的舉動也略有微詞。

汝南督郵吳導受詔捕范滂①，至征羌②，抱詔書閉傳舍③，伏牀而泣④，一縣不知所為。滂聞之曰：「必為我也。」即自詣獄。縣令郭揖大驚⑤，出，解印綬⑥，引與俱亡，曰：「天下大矣，子何為在此！」滂曰：「滂死則禍塞⑦，何敢以罪累君，又令老母流離乎？」其母就與之訣，滂白母曰：「仲博孝敬⑧，足以供養。滂從龍舒君歸黃泉⑨，存亡各得其所。惟大人割不可忍之恩，勿增感戚！」仲博者，滂弟也。龍舒君者，滂父龍舒侯相顯也。母曰：「汝今得與李、杜齊名⑩，死亦何恨！既有令名，復求壽

汝南的督郵吳導接受詔書逮捕范滂，到了征羌縣，抱着詔書把自己關在傳舍裏，伏在牀上哭泣，縣裏都不知如何是好。范滂知道了說：「必定是為了我的事。」就自投監獄。縣令郭揖大吃一驚，跑出來，解下印綬，拉着范滂要一起逃亡，說：「天下大得很，您為甚麼一定留在這裏！」范滂說：「滂死了災禍就會收場，怎敢來連累您，又讓老母流離失所呢？」他的母親前來和他訣別，范滂告訴母親說：「仲博孝順，會很好地供養大人，滂則跟從龍舒君歸黃泉，存亡可各得其所。希望大人忍心割斷恩愛，不要再多哀傷！」仲博，是范滂的弟弟。龍舒君，是范滂的父親，做過龍舒侯相的范顯。

考⑪，可兼得乎？」滂跪受教，再拜而辭。顧其子曰⑫：「吾欲使汝為惡，惡不可為；使汝為善，則我不為惡。」行路聞之，莫不流涕。

凡黨人死者百餘人，妻子皆徙邊。天下豪傑及儒學有義行者，宦官一切指為黨人；有怨隙者，因相陷害，

❶汝南：是當時的郡，郡治在今河南平輿北。督郵：漢代郡守手下的佐吏，負責督察屬縣的工作。范滂：字孟博，當時著名的黨人。❷征羌：今河南漯河東，當時屬汝南郡。❸傳舍：驛所設置的住宿處。❹牀：當時的牀坐臥兩用，很低，和今天專供睡覺的牀大不一樣。❺縣令：一縣的最高長官。❻解印綬：當時的印上都穿有絲帶，叫印綬，平時把官印用印綬佩帶在腰間。解印綬就是棄官不做的行為。❼塞：停止。❽仲博：范滂弟弟的字。❾黃泉：地下的流水，指葬身之處。❿李、杜：李膺、杜密，都是當時名士，黨人中的首要人物。⓫壽考：高年長壽。⓬顧其子：范滂的母親看着他的兒子。

他的母親回答說：「你如今能和李膺、杜密齊名，死了又有甚麼遺憾！既有了好名聲，又想要高年長壽，兩者能兼得嗎？」范滂跪着領受教誨，再拜告辭。范母看着他的兒子說：「我想要使你為惡，但惡不可為；想要使你為善，則我本不為惡。」過路的人聽了，無不落淚。

當時黨人被處死的計有一百多人，妻兒都被流放到邊遠地區。天下豪傑以及研習儒學有德行道義的，宦官統統指為黨人；有怨嫌的，乘機相互陷害，

睚眥之忿①，濫入黨中。州郡承旨，或有未嘗交關，亦離禍毒，其死、徙、廢、禁者又六七百人。……

張儉亡命困迫②，望門投止，莫不重其名行，破家相容。後流轉東萊③，止李篤家。外黃令毛欽操兵到門④，篤引欽就席⑤，曰：「張儉負罪亡命，篤豈得藏之！若審在此，此人名士，明廷寧宜執之乎⑥？」欽因起撫篤曰：「蘧伯玉恥獨為君子⑦，足下如何專取仁義！」篤曰：「今欲分之，明廷載半去矣⑧！」欽歎息而去。篤導儉經北海戲子然家⑨，

甚至由於睚眥之恨，也都濫入黨人之中。州郡地方官秉承旨意，有些和黨人毫無交往牽連的人，也都遭受禍害，這些人被處死、流放、禁錮不用的又有六七百。……

張儉在逃亡中十分困窘，看到人家的大門就要求進去住宿，人們知道他的聲名操行，無不肅然起敬，寧願遭受破家之禍也要收容他。後來輾轉流亡到東萊郡，住在李篤家裏。外黃令毛欽帶着兵刃來到李篤家，李篤請毛欽坐下來，說：「張儉負罪逃亡，我怎能窩藏他？如果確實在這裏，此人是名士，明廷抓他難道是恰當的嗎？」毛欽就起來拍着李篤說：「蘧伯玉不願自己一個人做君子，足下怎能

遂入漁陽出塞⑩。其所經歷，伏重誅者以十數，連引收考者布遍天下，宗親並皆殄滅，郡縣為之殘破。儉與魯國孔褒有舊⑪，亡抵褒，不遇，褒弟融，年十六，匿之。後事泄，儉得亡走，國相收褒、融送獄，未知所坐。融曰：「保納舍藏者，融也，當坐。」褒曰：「彼來求我，

❶ 睚眥（yá zì）：怒目而視，指小怨隙。❷ 張儉：當時知名的「黨人」。因曾檢舉宦官侯覽的罪行，被誣陷遭追捕。❸ 東萊：郡名，郡治在今山東黃縣東。❹ 外黃令：應作「黃令」。黃縣當時屬於東萊郡。❺ 席：當時地上鋪席，人一般跪坐在席上，也有設牀以供跪坐的。❻ 明廷：漢代人對縣令的尊稱，猶如稱「明府」、「明公」等。❼ 蘧（qú）伯玉：名瑗，春秋時衛國人。❽ 明廷載半去矣：意思是明廷不抓張儉，也就可以分得到一半仁義了。❾ 北海：封國名，都城在今山東昌樂。戲子然：姓戲，名子然。❿ 漁陽：今北京密雲南。⓫ 魯國：封國名，都城在今山東曲阜。

獨擅仁義呢！」李篤說：「現在我想把仁義分讓出來，明廷就帶走一半吧！」毛欽歎息而去。李篤引導張儉經由北海戲子然家，遂進入漁陽到達塞外。他所經歷之處，為了他伏罪被誅殺的人有好幾十，牽連而被收捕拷掠的遍佈天下，宗族、親戚全都遭誅滅，郡、縣因之殘破。張儉和魯國的孔褒是舊交，逃亡到孔褒那裏，沒有碰上。孔褒的弟弟孔融，才十六歲，就把張儉藏起來。後來事情洩露出去，張儉脫身逃亡，魯國的國相收捕孔褒、孔融送進監獄，不知該治誰的罪。孔融說：「把張儉藏在家裏的是我孔融，該坐罪。」孔褒說：「張儉是來求我的，

非弟之過。」吏問其母，母曰：「家事任長，妾當其辜[1]。」一門爭死，郡縣疑不能決，乃上讞之[2]，詔書竟坐褒。及黨禁解，儉乃還鄉里，後為衛尉[3]，卒，年八十四。夏馥聞張儉亡命[4]，歎曰：「孽自己作，空汙良善，一人逃死，禍及萬家，何以生為！」乃自翦須變形，入林慮山中[5]，隱姓名，為冶家傭，親突煙炭，形貌毀瘁[6]，積二三年，人無知者。馥弟靜載縑帛追求餉之[7]，馥不受，曰：「弟柰何載禍相餉乎！」黨禁未解而卒。

不能算作弟弟的過錯。」官吏問他們的母親，母親說：「家裏的事由長輩作主，應由我擔當罪名。」家門中互相爭着赴死，郡、縣定不下主意，就上報朝廷請求平議，詔書終於叫孔褒坐罪。到黨禁解除，張儉才回到故鄉，後來做了衛尉，死在任上，享年八十四。夏馥聽到張儉逃亡的事情，感歎地說：「災禍是由自己招來的，白白牽連良善無辜，一人逃命，禍及萬家，這樣活下來也沒有意思！」於是自己剪掉鬍鬚改變容貌，到林慮山裏，隱姓埋名，當了經營冶煉者的傭工，沖着煙炭幹活，形容憔悴，這樣過了二三年，人們都不知道他是誰。夏馥的弟弟夏靜載着縑帛追找到夏馥要給他，夏馥不接受，說：

「老弟怎麼把禍害載來給我呢！」黨禁還未解除，夏馥就去世了。

❶妾：古時婦女自稱。辜：罪。❷讞（yàn）：平議罪案。❸衞尉：漢代九卿之一，掌管宮門警衞。❹夏馥（fù）：當時被指為「黨魁」。❺林慮山：在今河南林州西，產鐵。❻瘁（cuì）：憔悴。❼縑（jiān）：雙絲所織的細絹。

火燒赤壁

——三國鼎立局面的奠定

東漢末年，羣雄割據，曹操挾天子以令諸侯，定北方後揮戈南向，想一舉平定江東。這時敗退江夏的劉備和割據江東的孫權聯合抗曹。赤壁一戰，打敗曹軍，奠定三分天下的局面。

本篇選自《資治通鑑》卷六五漢紀獻帝建安十三年（208）。其中對戰前如何決策、戰役如何進展作了生動的描述。

曹操自江陵將順江東下[1]，諸葛亮謂劉備曰：「事急矣，請奉命求救於孫將軍[2]。」遂與魯肅俱詣孫權[3]。亮見權於柴桑[4]，說權曰：「海內大亂，將軍起兵江東，劉豫州收眾漢南[5]，與曹操共爭天下。今操芟夷大難[6]，略已平矣，遂破荊州，威震四海。英雄無用武之地，故豫州遁逃至此，願將軍量力而處之！若能以吳、越之眾與中國抗衡[7]，不如早與之絕；若不能，何不按兵束甲，

❶江陵：今湖北江陵。江：長江。❷孫將軍：孫權。當時他是漢討虜將軍。❸魯肅：孫權手下的重要人物，當時正出使到劉備那裏。❹柴桑：今江西九江西。❺劉豫州：劉備，本是豫州牧。漢南：漢水以南地區。❻芟（shān）夷：剷除。大難：不容易對付的敵人，指袁紹、呂布等。❼吳、越：指孫權控制的江南地區。中國：指曹操控制的中原地區。

曹操從江陵將沿着長江東下，諸葛亮對劉備說：「事態緊急，請讓我奉您的命令向孫將軍求救吧。」就和魯肅一起去孫權那裏。諸葛亮在柴桑見到了孫權，對孫權勸說道：「海內大亂，將軍起兵於江東，劉豫州收眾於漢南，和曹操共爭天下。如今曹操想剷除的那些不好對付的敵手，大體都已解決，乘勢拿下荊州，威震四海。弄得英雄無用武之地，所以劉豫州逃避到這裏，希望將軍能估量一下實力來對付這個局面！如果能用吳、越之眾和中國抗衡，不如趁早和曹操決裂；如果不能，何不收兵束甲，

北面而事之[1]！今將軍外託服從之名，而內懷猶豫之計，事急而不斷，禍至無日矣。」權曰：「苟如君言，劉豫州何不遂事之乎？」亮曰：「田橫[2]，齊之壯士耳，猶守義不辱，況劉豫州王室之胄[3]，英才蓋世，眾士慕仰，若水之歸海。若事之不濟，此乃天也，安能復為之下乎！」權勃然曰：「吾不能舉全吳之地，十萬之眾，受制於人。吾計決矣！非劉豫州莫可以當曹操者；然豫州新敗之後，安能抗此難乎？」亮曰：「豫州軍雖敗於長阪[4]，今戰士還者及關羽水軍精甲萬人，劉琦合江夏戰士亦不下萬人[5]。曹操之眾，遠來

對曹操表示臣服！現在將軍表面上假託服從之名，而內心猶豫不定，事態緊迫，卻不能作出決斷，大禍降臨就在眼前了。」孫權說：「如果像您所說的那樣，劉豫州為甚麼不就此臣服曹操呢？」諸葛亮說：「田橫，只是齊國的壯士，尚且能守大義而不甘屈辱，更何況劉豫州是王室後裔，英才蓋世，為豪傑所仰慕，像百川之歸向大海。如果事業不能成功，乃是天意，怎能再屈服於曹操呢！」孫權勃然作色道：「我不能把全吳之地，十萬之眾，去受人控制。我已想定了！除了劉豫州便無人能和曹操抗衡，然而劉豫州剛吃過敗仗，怎能對付這樣的強敵呢？」諸葛亮說：「劉豫州雖然在長阪戰敗，如今戰士歸隊的以及關羽

疲敝，聞追豫州，輕騎一日一夜行三百餘里，此所謂『強弩之末勢不能穿魯縞』者也⑥！故兵法忌之⑦，曰『必蹶上將軍』。且北方之人，不習水戰；又荊州之民附操者，偪兵勢耳⑧，非心服也。今將軍誠能命猛將統兵數萬，與豫州協規同力，破操軍必矣。操軍破，必北還；如此，則荊、吳之勢強，鼎足之形成矣⑨，成敗之機，在於今日！」權大悅，與其羣下謀之。

❶北面：面向北，古代君主朝南而坐，臣下面北而拜。❷田橫：楚漢之爭時，田橫據齊地為王，為漢軍所破。後來漢高祖劉邦要他去洛陽，他不甘受辱而自殺。❸冑（zhòu）：後裔。劉備自稱為漢中山靖王劉勝的後裔。❹長阪：在今湖北當陽。❺劉琦：劉表之子，時為江夏太守，和劉備合作。江夏：今湖北鄂城。❻魯縞（gǎo）：曲阜等地出產的絲織品，以輕細聞名。❼忌：忌諱。蹶（jué）：顛仆。這句話見於《孫子・軍爭》。❽偪（bī）：同「逼」，迫於。❾鼎足之形：古時鼎常為三足，所謂鼎足三分。

統轄的水軍還有精兵一萬，劉琦召集的江夏戰士也不下於一萬。曹操的兵馬，遠道而來已經疲憊，聽說追趕劉豫州時，輕騎一天一夜急行才走三百多里，這就是所謂『強弩射出的箭到最後連魯縞也不能穿透』啊！所以兵法十分忌諱這種事，說『上將軍也一定會遭到挫敗』。況且北方人，不習慣於水上作戰，加之荊州民眾之所以歸附曹操，只是迫於他的兵威，不是心服。如今將軍真能任命猛將統兵數萬，和劉豫州同心協力，打敗曹操軍隊是可以肯定的。曹操軍隊吃了敗仗，必定撤回北方，這樣，荊、吳的勢力強大，三足鼎立的態勢就形成了。成敗的關鍵，就在今日！」孫權大為高興，去和他的下屬們謀劃。

是時，曹操遺權書曰：「近者奉辭伐罪，旄麾南指，劉琮束手。今治水軍八十萬眾，方與將軍會獵於吳[1]。」權以示臣下，莫不響震失色。長史張昭等曰[2]：「曹公，豺虎也，挾天子以征四方，動以朝廷為辭。今日拒之，事更不順。且將軍大勢可以拒操者，長江也；今操得荊州，奄有其地，劉表治水軍，蒙衝鬥艦乃以千數[3]，操悉浮以沿江，兼有步兵，水陸俱下，此為長江之險已與我共之矣，而勢力眾寡又不可論。愚謂大計不如迎之[4]。」魯肅獨不言。權起更衣[5]，肅追於宇下。權知其意，執肅手曰：「卿欲何言[6]？」肅曰：

這時，曹操送了一封信給孫權說：「近來我奉辭伐罪，旌旗南指，劉琮已束手歸降。如今整治水軍八十萬眾，將和將軍在吳地會獵。」孫權把信給臣下看，臣下無不震驚得變了面色。長史張昭等說：「曹公是豺虎，挾持天子以征討四方，動輒便以朝廷為藉口。現在要抗拒他，就更不合情理了。況且就大勢而言，將軍可以用來抗拒曹操的，乃是長江，現在曹操取得荊州，完全佔有那裏的土地，劉表編練水軍，蒙衝鬥艦數以千計，曹操把它全都開到長江裏順流東下，還加上步兵，水陸兩路並進，這樣已和我們共有長江之險，而雙方勢力眾寡更無從比擬。我以為從大處來看，不如迎接曹公。」唯獨魯肅不

「向察眾人之議，專欲誤將軍，不足與圖大事。今肅可迎操耳，如將軍不可也。何以言之？今肅迎操，操當以肅還付鄉黨，品其名位，猶不失下曹從事⑦，乘犢車⑧，從吏卒，交游士林，累官故不失州郡也。將軍迎操，欲安所歸乎？願早定大計，莫用眾人之議也！」權歎息曰：「諸人持議，甚失孤望⑨。今卿廓開大計，正與孤同。」

❶ 奉辭伐罪：奉正辭，討有罪。會獵：會合打獵。這裏用打獵來喻交戰。
❷ 長史：漢代將軍的屬官，總管幕府事務。❸ 蒙衝鬥艦：用於作戰的艦船。
❹ 愚：對自己的謙稱。❺ 更衣：指上廁所。❻ 卿：古代對人的敬稱。
❼ 下曹從事：漢代州、郡所屬從事都分曹工作，下曹從事即各曹從事中最低下的。❽ 犢（dú）車：犢是小牛，犢車是指牛拉的車。❾ 孤：帝王自稱。

講話。孫權起身上廁所，魯肅追到屋簷下。孫權明白他的意思，拉着他的手說：「你要說甚麼話？」魯肅說：「剛才審察眾人的議論，都一味想誤導將軍，不足以和他們謀劃大事。如今我魯肅可以迎接曹操，像將軍這樣可不行。這話怎麼說呢？我如今迎接曹操，曹操該把我交付鄉黨，品評我的名位，還可做個下曹從事，乘着牛車，帶着吏卒，和文士們交往，多次升遷還可做到州牧、郡守。將軍迎接曹操將要得到甚麼歸宿呢？希望早日定下大計，切勿聽從眾人的議論！」孫權歎息道：「他們的議論，很使我失望。如今你陳說大計，正同我意。」

時周瑜受使至番陽①，肅勸權召瑜還。瑜至，謂權曰：「操雖託名漢相，其實漢賊也。將軍以神武雄才，兼仗父兄之烈②，割據江東，地方數千里，兵精足用，英雄樂業，當橫行天下，為漢家除殘去穢，況操自送死，而可迎之邪！請為將軍籌之：今北土未平，馬超、韓遂尚在關西③，為操後患；而操舍鞍馬，仗舟楫，與吳、越爭衡；今又盛寒，馬無藁草④；驅中國士眾遠涉江湖之間，不習水土，必生疾病。此數者用兵之患也，而操皆冒行之，將軍禽操⑤，宜在今日。瑜請得精兵數萬人，進住夏口⑥，保為將

當時周瑜受命出使到鄱陽，魯肅勸孫權召回周瑜。周瑜來到，對孫權說：「曹操雖託名漢朝的丞相，其實是漢朝的逆賊。將軍憑自己的神武雄才，又依仗父兄的豐功偉業，割據江東，地域方數千里，士卒精良，財用充足，當地的英雄各安本分而無異心，理當橫行天下，為漢朝除去穢暴。何況曹操自己前來送死，怎麼可迎接他呢！請容我為將軍策劃：眼下北方尚未平定，馬超、韓遂還在關西，成為曹操的後患；而曹操捨棄鞍馬，依仗舟楫，和吳、越爭衡，現在又正是隆冬寒天，戰馬缺少草料，驅使中原的戰士遠來江湖之間，水土不服，必生疾病。以上這些都是用兵所忌，而曹操都犯而行之。將軍擒

軍破之！」權曰：「老賊欲廢漢自立久矣，徒忌二袁、呂布、劉表與孤耳⑦。今數雄已滅，惟孤尚存，孤與老賊勢不兩立！君言當擊，甚與孤合，此天以君授孤也。」因拔刀斫前奏案⑧，曰：「諸將吏敢復有言當迎操者，與此案同！」乃罷會。

❶番（pó）陽：通常寫作「鄱陽」，在今江西省。❷父兄之烈：父兄的功業，父指孫堅，兄指孫策，都是東吳割據事業的開創者。❸關西：函谷關以西。❹藁（gǎo）草：喂馬的乾草。❺禽：通「擒」。❻夏口：今湖北武漢。❼二袁：指袁紹、袁術。他們和呂布、劉表都是東漢末的割據勢力。❽斫（zhuó）：砍。奏案：批閱章奏的几案。

獲曹操，正在今日。瑜要求得到精兵數萬，進駐夏口，保證為將軍破敵！」孫權說：「老賊早就想廢漢自立了，只是顧忌二袁、呂布、劉表和我。現在這幾位都已覆滅，唯我尚在，我與老賊勢不兩立！君主張要打，甚合我意，這是上天把君賜予我。」接着拔刀砍面前奏案，說：「各位將官誰敢再講該迎曹操，猶如此案！」於是結束了會議。

是夜，瑜復見權曰：「諸人徒見操書言水步八十萬而各恐懾，不復料其虛實，便開此議，甚無謂也。今以實校之①，彼所將中國人不過十五六萬，且已久疲；所得表眾亦極七八萬耳，尚懷狐疑。夫以疲病之卒御狐疑之眾，眾數雖多，甚未足畏。瑜得精兵五萬，自足制之，願將軍勿慮！」權撫其背曰：「公瑾②，卿言至此，甚合孤心。子布、元表諸人③，各顧妻子，挾持私慮，深失所望；獨卿與子敬與孤同耳④，此天以卿二人贊孤也！五萬兵難卒合⑤，已選三萬人，船糧戰具俱辦。卿與子敬、程公，

這天夜裏，周瑜再次進見孫權說：「諸人只是見到曹操來信中講有水軍步兵八十萬而各自恐懼震懾，不再估計其虛實，就發出了這樣的議論，實在太沒有道理了。現在來核實一下，他所統率中原地區的戰士不過十五六萬，而且早已疲憊；所得到的劉表兵眾最多也只有七、八萬，還多狐疑不安。以疲病的兵卒來駕馭狐疑之眾，人數雖多，實不足畏懼。我有精兵五萬，就足以制勝，請將軍不必顧慮！」孫權拍他的背說：「公瑾，你的話說到這一層，甚合我意。子布、元表等人，各顧妻兒，為自己打算，使我大失所望，獨你與子敬和我的想法相同，這是天賜你二人來助我啊！五萬兵難以一下子

便在前發⑥，孤當續發人眾，多載資糧，為卿後援。卿能辦之者誠決，邂逅不如意⑦，便還就孤，孤當與孟德決之⑧。」遂以周瑜、程普為左右督，將兵與備并力逆操，以魯肅為贊軍校尉，助畫方略。

❶ 校（jiào）：核實。❷ 公瑾：周瑜的字。❸ 子布：張昭的字。元表：可能是「文表」之誤，「文表」是另一位東吳大臣秦松的字。❹ 子敬：魯肅的字。❺ 卒：通「猝」。❻ 程公：指東吳大將程普。❼ 邂逅（xiè hòu）：不期而會。❽ 孟德：曹操的字。

湊夠，已選取了三萬人，船隻糧食戰鬥用具也都置辦齊備。你和子敬、程公就先行進發，我當繼續調發兵眾，多載物資糧草，給你做後援。你能對付得了就決戰，如果突然相遇打得不如意，那就回來和我合兵，我當和孟德決戰。」於是就分別任周瑜、程普為左、右督，統兵與劉備合力迎戰曹操，任命魯肅為贊軍校尉，協助策劃作戰方略。

劉備在樊口①，日遣邏吏於水次候望權軍。吏望見瑜船，馳往白備，備遣人慰勞之。瑜曰：「有軍任，不可得委署②；倘能屈威③，誠副其所望。」備乃乘單舸往見瑜④，曰：「今拒曹公，深為得計。戰卒有幾？」瑜曰：「三萬人。」備曰：「恨少。」瑜曰：「此自足用，豫州但觀瑜破之。」備欲呼魯肅等共會語，瑜曰：「受命不得妄委署；若欲見子敬，可別過之。」備深愧喜。

進，與操遇於赤壁⑤。時操軍眾已有疾疫⑥。初一交戰，操軍不利，引次江

劉備在樊口，每天派邏吏在水邊探候孫權部隊。屬官看到周瑜的船隻，快馬飛報劉備，劉備派人慰勞周瑜。周瑜說：「現在我軍務在身，不能棄置不理，豫州倘能屈威相見，真是我所期望的。」劉備就乘小船去見周瑜，說：「現在抗拒曹公，極為得計。不知戰士有多少？」周瑜說：「三萬人。」劉備說：「可惜太少。」周瑜說：「夠用了，豫州您且看瑜破敵。」劉備想叫魯肅等人前來一起商談，周瑜說：「接受了任務不可隨便棄置，如想見子敬，可另行前往造訪。」劉備暗自高興。

大軍挺進，和曹操相遇於赤壁。這時，曹操兵眾已鬧急性傳染病。剛一接

北。瑜等在南岸。瑜部將黃蓋曰：「今寇眾我寡，難與持久。操軍方連船艦，首尾相接，可燒而走也。」乃取蒙衝鬥艦十艘，載燥荻、枯柴⑦，灌油其中，裹以帷幕，上建旌旗，預備走舸⑧，繫於其尾。先以書遺操，詐云欲降。時東南風急，蓋以十艦最著前，中江舉帆，餘船以次俱進。操軍吏士皆出營立觀，指言蓋降。

❶ 樊口：今湖北鄂州。❷ 委署：棄置。❸ 屈威：指劉備屈尊來見周瑜。❹ 舸（kě）：大船，有時也指小船或一般的船。❺ 赤壁：今湖北嘉魚北。❻ 疫：古人把急性傳染病都叫「疫」。❼ 燥荻（dí）：乾蘆葦。❽ 走舸：可以快速行走的船。

觸，曹軍不利，就把船艦引靠到長江北岸。周瑜等在南岸。周瑜的部將黃蓋說：「當前寇眾我寡，很難和他們長期相持。曹軍最近把戰船連起來，首尾相接，可縱火燒船使他們敗走。」於是取蒙衝鬥艦十艘，裝載乾蘆葦、枯柴，在裏面灌了油，再用帷幕覆裹起來，上面豎起旌旗，並預備快船，繫在鬥艦的船尾。先寫信送給曹操，假意說是要投降。當時東南風正急，黃蓋把這十艘鬥艦當作前列，駛到長江中心揚起船帆，其餘戰船順次同進。曹軍官吏士卒都走出軍營站着觀看，指着那些江中的船說：「黃蓋來投降了」。

去北軍二里餘，同時發火，火烈風猛，船往如箭，燒盡北船，延及岸上營落。頃之，煙炎張天，人馬燒溺死者甚眾。瑜等率輕鋭繼其後，雷鼓大震，北軍大壞。操引軍從華容道步走①，遇泥濘，道不通，天又大風，悉使羸兵負草填之②，騎乃得過。羸兵為人馬所蹈藉，陷泥中，死者甚眾。劉備、周瑜水陸並進，追操至南郡③。時操軍兼以饑疫，死者太半。操乃留征南將軍曹仁、橫野將軍徐晃守江陵，折衝將軍樂進守襄陽④，引軍北還。

離開北軍還有二里多，黃蓋鬥艦上同時發火，火烈風猛，帶火的船像箭一樣衝過去，把北軍的戰船全燒了，大火還漫延到岸上的營壘。不一會，烈火濃煙衝天，曹軍人馬燒死、淹死的極多。周瑜等率領輕疾精鋭的部隊跟在黃蓋鬥艦後面，鼓聲大震，北軍徹底崩潰。曹操帶領兵馬從華容道步行撤退，遇到泥濘之處，道路不通，天又颳起大風，就叫疲弱的兵卒統統背了草填路，人馬才得以通過。疲弱的兵卒被人馬所踐踏，陷入泥裏，死者極多，劉備、周瑜水陸並進，追趕曹操一直到達南郡。這時曹軍加上飢餓鬧病，死去的有一大半。曹操於是留下征南將軍曹仁、橫野將軍徐晃駐守江陵，折衝將軍樂進駐守襄陽，自己則帶着軍隊返回北方。

❶ 華容道：在今湖北沙市東。❷ 羸（léi）兵：疲弱的兵。❸ 南郡：治所在今湖北江陵。❹ 襄陽：今湖北襄陽。

肥水之戰

——風聲鶴唳草木皆兵的故事

司馬氏建立的西晉政權結束了三國鼎立的局面，不久即宣告崩潰，司馬氏的一支偏安於長江流域，建立東晉政權，黃河流域重新出現大動亂。前秦的苻堅暫時統一北方後，發動號稱百萬的大軍進攻東晉。東晉政權以八萬精兵迎擊取勝，史稱「肥水之戰」。

本篇選自《資治通鑒》卷一〇五晉紀孝武帝太元八年

（383）。其中對戰役的始末作了較全面的描述，對苻堅、謝安、謝玄等人物形象的刻畫也很成功。

秦王堅下詔大舉入寇，民每十丁遣一兵；其良家子年二十已下有材勇者①，皆拜羽林郎②。又曰：「其以司馬昌明為尚書左僕射，謝安為吏部尚書，桓沖為侍中③；勢還不遠，可先為起第。」良家子至者三萬餘騎，拜秦州主簿趙盛之為少年都統④。是時，朝臣皆不欲堅行，獨慕容垂、姚萇及良家子勸之⑤。陽平公融言於堅⑥，曰：「鮮卑、羌虜，我之仇讎，常思風塵之變⑦，以逞其志，所陳策畫，何可從也！良家少年皆富饒子弟，不閑軍旅⑧，苟為諂諛之言以會陛下之意⑨。今陛下信而用之，輕舉

秦王苻堅頒佈詔書大舉入侵，百姓中每十個壯丁要派一個當兵。那些良家子年齡在二十歲以下有技能勇力的，全都被用為羽林郎。又說：「要用司馬昌明做尚書左僕射、謝安做吏部尚書、桓沖做侍中，不久就要這麼辦了，可先為他們建造府第。」良家子來到的有三萬餘騎，苻堅任命秦州主簿趙盛之為少年都統。這時，朝臣們都不主張苻堅出征，只有慕容垂、姚萇以及良家子們在鼓動苻堅。陽平公苻融對苻堅說：「鮮卑、羌虜，是我們的仇敵，常常希望發生突然的變亂，藉以實現他們的野心。他們所呈獻的計策方略，怎可依從呢！良家子都是富裕人家的子弟，不會打仗，不負責任地講些阿諛奉承

大事，臣恐功既不成，仍有後患，悔無及也！」堅不聽。

八月，戊午，堅遣陽平公融督張蚝、慕容垂等步騎二十五萬為先鋒⑩；以兗州刺史姚萇為龍驤將軍⑪，督益、梁州諸軍事⑫。

❶良家子：所謂出身清白、有地位人家的子弟。❷羽林郎：皇帝的宿衛官。❸司馬昌明：東晉孝武帝名曜，字昌明。尚書左僕射：當時尚書令和左右僕射都是尚書省的長官，都是宰相。謝安：東晉宰相。吏部尚書：尚書省所屬吏部長官，主管人事工作。桓沖：東晉鎮守荊州的重臣。侍中：侍從皇帝的高級官員。❹秦州：今甘肅天水。主簿：州、郡掌管文書的官員。❺慕容垂：鮮卑族首領。姚萇（cháng）：羌族首領。當時都臣服於苻堅。❻陽平公融：苻堅的弟弟苻融，封陽平公。❼風塵之變：突然的變化。❽閑：通「嫻」，熟悉。❾諂諛（chǎn yú）：阿諛奉承。會：迎合。陛（bì）下：對皇帝的尊稱。❿張蚝（cì）：苻堅的大將。⓫兗（yǎn）州：今山東東阿一帶。⓬益、梁州：益州治所在今四川成都，梁州治所在今陝西漢中。督某某州諸軍事：是當時一種軍事制度，即任某某州的軍事長官。

的話來迎合陛下的心意。現在陛下聽信採納，輕率採取如此重大的行動，臣擔心功業既不能成，還會發生後患，後悔都來不及啊！」苻堅不聽。

八月戊午（二日），苻堅派陽平公苻融督率張蚝、慕容垂等步騎二十五萬為先鋒，以兗州刺史姚萇為龍驤將軍，督益、梁州諸軍事。

堅謂萇曰：「昔朕以龍驤建業，未嘗輕以授人，卿其勉之！」左將軍竇衝曰：「王者無戲言，此不祥之徵也！」堅默然。

慕容楷、慕容紹言於慕容垂曰：「主上驕矜已甚①，叔父建中興之業②，在此行也！」垂曰：「然。非汝，誰與成之！」

甲子，堅發長安，戎卒六十餘萬，騎二十七萬，旗鼓相望，前後千里。九月，堅至項城③，涼州之兵始達咸陽④，蜀、漢之兵方順流而下⑤，幽、冀之兵至於彭城⑥，東西萬里，水陸齊進，運漕萬

苻堅對姚萇說：「從前朕以龍驤將軍之職建立大業，以後未曾輕易把這個職位給誰，你該好好努力！」左將軍竇沖說：「王者不能說無法兑現的話，這是不祥的徵兆啊！」苻堅沉默沒有作聲。

慕容楷、慕容紹對慕容垂說：「主上過於驕傲自大，叔父要建立中興之業，就在這一次了！」慕容垂說：「對。不是你們，還有誰和我一起成此大事！」

甲子（初八日），苻堅從長安出發，武裝戰士有六十多萬，騎兵二十七萬，旌旗戰鼓接連不斷，隊伍有千里之長。九月，苻堅到達項城，涼州的軍隊才到達咸

艘⑦。陽平公融等兵三十萬，先至潁口⑧。

詔以尚書僕射謝石為征虜將軍、征討大都督，以徐、兗二州刺史謝玄為前鋒都督⑨，與輔國將軍謝琰、西中郎將桓伊等眾共八萬拒之；使龍驤將軍胡彬以水軍五千援壽陽⑩。琰，安之子也。

是時，秦兵既盛，都下震恐。

❶ 驕矜（jīn）：驕傲自大。 ❷ 中興之業：鮮卑建立的前燕為苻秦所滅，中興之業是指恢復燕國。 ❸ 項城：今河南沈丘。 ❹ 涼州：治所在今甘肅武威。 ❺ 蜀：今四川中部和北部。漢：今四川北部到陝西漢中一帶。 ❻ 幽、冀：幽州、冀州，均在今河北。彭城：今江蘇徐州。 ❼ 漕：水道運糧。 ❽ 潁口：今安徽潁上東南的正陽關，是潁水進入淮河之處。 ❾ 徐、兗二州：都是東晉僑置的州。 ❿ 壽陽：今安徽壽縣。

陽，蜀、漢的軍隊正從長江順流而下，幽、冀的軍隊到達彭城，東西萬里，水陸並進，運糧的船隻上萬艘。陽平公苻融等人的軍隊三十萬，首先到達了潁口。

東晉下詔任命尚書僕射謝石為征虜將軍、征討大都督，任命徐、兗二州刺史謝玄為前鋒都督，和輔國將軍謝琰、西中郎將桓伊等人的軍隊共八萬抵抗秦軍。派龍驤將軍胡彬率領水軍五千增援壽陽。謝琰是謝安的兒子。

這時秦軍聲勢浩大，東晉都城裏震驚恐懼。

謝玄入，問計於謝安，安夷然，答曰：「已別有旨。」既而寂然。玄不敢復言，乃令張玄重請。安遂命駕出遊山墅①，親朋畢集，與玄圍棋賭墅。安棋常劣於玄，是日，玄懼，便為敵手，而又不勝。安遂游陟②，至夜乃還。桓沖深以根本為憂③，遣精銳三千入衞京師；謝安固卻之，曰：「朝廷處分已定，兵甲無闕，西藩宜留以為防④。」沖對佐吏歎曰⑤：「謝安石有廟堂之量⑥，不閑將略。今大敵垂至，方遊談不暇，遣諸不經事少年拒之，眾又寡弱，天下事已可知，吾其左衽矣⑦！」……

謝玄入京，問謝安怎麼辦，謝安坦然自若，回答道：「已另有安排。」過一會再不說甚麼，謝玄不敢多說，就叫張玄再去請示。謝安就安排車子去山間別墅遊玩，親朋好友都來參加，謝安和謝玄下圍棋用別墅作賭注。謝安的棋常劣於謝玄，當天謝玄惶恐不安就成為敵手，最後輸給了謝安。謝安接着登臨遊覽，直到夜裏才返回。桓沖十分擔心京城建康的安全，要派精兵三千來加強守衞，謝安堅決拒絕，說：「朝廷已安排好，兵力並不缺，當留下加強西藩的防務。」桓沖對佐吏們歎息道：「謝安石有宰相之才，但不懂得指揮打仗。如今大敵將至，還在遊覽清談，派那些缺乏閱歷的年輕人去抵禦，兵眾又少

冬十月，秦陽平公融等攻壽陽。癸酉，克之，執平虜將軍徐元喜等。融以其參軍河南郭褒為淮南太守⑧。慕容垂拔鄖城⑨。胡彬聞壽陽陷，退保硤石⑩，融進攻之。秦衛將軍梁成等帥眾五萬屯于洛澗⑪，柵淮以遏東兵⑫。謝石、謝玄等去洛澗二十五里而軍，憚成不敢進。胡彬糧盡，潛遣使告石等曰：

❶命駕：安排車子出行。山墅（shù）：山間別墅。❷陟（zhì）：登山。❸根本：此指東晉都城建康，今江蘇南京。❹西藩：西邊的屏藩。桓沖所鎮荊州在建康之西，所以稱西藩。❺佐吏：幕府中輔助辦事者叫佐吏。❻廟堂之量：處理朝廷大事的才能，指宰相之才。❼左衽：衣襟開在左邊，是北方少數民族的習俗，這裏是說要淪為氐族苻堅的臣民了。❽參軍：幕僚中的一種。淮南：郡名，治所本在壽陽。❾鄖（yún）城：今湖北安陸。❿硤（xiá）石：今安徽鳳台西南。⓫洛澗：又稱「洛河」，在今安徽淮南東。⓬柵（zhà）：柵欄，這裏是動詞。遏（è）：阻攔，遏制。

且弱，天下之事可想而知了，我們恐怕要穿上左衽之服了！」……

冬天十月，秦陽平公苻融等進攻壽陽。癸酉（十八日），攻克，擒獲晉平虜將軍徐元喜等人。苻融派他的參軍河南人郭褒做淮南太守。慕容垂攻取鄖城。胡彬聽到壽陽陷落，就退守硤石，苻融進攻硤石。秦衛將軍梁成等領兵五萬駐紮在洛澗，在淮河立柵欄來阻攔晉軍。謝石、謝玄等離開洛澗二十五里駐軍，顧忌梁成而不敢前進。胡彬糧盡，派使者潛出報告謝石等說：

「今賊盛糧盡，恐不復見大軍！」秦人獲之，送於陽平公融。融馳使白秦王堅曰：「賊少易擒，但恐逃去，宜速赴之！」堅乃留大軍於項城，引輕騎八千，兼道就融於壽陽。遣尚書朱序來說謝石等①，以為強弱異勢，不如速降。序私謂石等曰：「若秦百萬之眾盡至，誠難與為敵。今乘諸軍未集，宜速擊之；若敗其前鋒，則彼已奪氣，可遂破也。」

石聞堅在壽陽，甚懼，欲不戰以老秦師。謝琰勸石從序言。十一月，謝玄遣廣陵相劉牢之帥精兵五千趨洛澗②，未

「如今敵人勢盛，我方糧盡，恐怕不能再見到大軍了！」秦軍捕獲這個使者，送到陽平公苻融那裏。苻融派人飛速報告秦王苻堅說：「賊兵少容易擒獲，只是擔心他們逃掉，應當趕快行動！」苻堅於是就把大部隊留在項城，帶領輕騎八千兼程趕到壽陽與融會合。派尚書朱序來勸說謝石等人，指出秦、晉強弱懸殊，不如速降。可是朱序私下對謝石等人說：「如果秦軍百萬之眾全部到達，確實難以抗敵。現在乘各路秦軍還沒來集中，要趕快攻擊。如果能挫敗前鋒，那秦軍就喪失了銳氣，可以乘勢取勝。」

謝石知道苻堅就在壽陽，很有顧慮，

至十里，梁成阻澗為陳以待之。牢之直前渡水，擊成，大破之，斬成及弋陽太守王詠③；又分兵斷其歸津④，秦步騎崩潰，爭赴淮水，士卒死者萬五千人，執秦揚州刺史王顯等⑤，盡收其器械軍實。於是謝石等諸軍，水陸繼進。秦王堅與陽平公融登壽陽城望之，見晉兵部陣嚴整，又望八公山上草木⑥，皆以為晉兵，顧謂融曰：「此亦勍敵⑦，何謂弱也！」憮然始有懼色。

❶ 朱序：本是東晉襄陽太守，被秦兵所擒，被迫降敵。❷ 廣陵：廣陵國，治所在今江蘇揚州。❸ 弋陽：郡名，治所在今河南光山北。❹ 津：渡口。❺ 秦揚州：秦的揚州治所。原在今江蘇邳州附近，後移今安徽壽縣。❻ 八公山：在今安徽壽縣北。❼ 勍（qíng）敵：強敵。

想不戰而磨掉秦軍的鋭氣。謝琰勸説謝石聽從朱序的話。十一月，謝玄派遣廣陵相劉牢之率領精兵五千進取洛澗。離洛澗不到十里，梁成已憑澗列陣在等待着了。劉牢之直前渡水，攻擊梁成，大破秦軍，斬殺梁成和秦弋陽太守王詠，又分兵截斷秦軍撤退的渡口，秦軍步騎崩潰，爭着想游過淮河，士卒死掉一萬五千，又擒獲秦揚州刺史王顯等人，把秦軍的器械糧草全部繳獲。於是謝石等軍，水陸繼進。秦王苻堅和陽平公苻融登上壽陽城窺察，苻堅看到晉軍隊伍陣列嚴整，又遠望八公山上的草木，誤認為都是晉兵，回過頭來對苻融説：「這正是勁敵，怎能説弱呢！」開始有恐懼之色。

秦兵逼肥水而陳①，晉兵不得渡。謝玄遣使謂陽平公融曰：「君懸軍深入，而置陳逼水，此乃持久之計，非欲速戰者也。若移陳少卻，使晉兵得渡，以決勝負，不亦善乎？」秦諸將皆曰：「我眾彼寡，不如遏之，使不得上，可以萬全。」堅曰：「但引兵少卻，使之半渡，我以鐵騎蹙而殺之②，蔑不勝矣③。」融亦以為然，遂麾兵使卻。秦兵遂退，不可復止。謝玄、謝琰、桓伊等引兵渡水擊之。融馳騎略陳，欲以帥退者，馬倒，為晉兵所殺，秦兵遂潰。玄等乘勝追擊，至于青岡④；秦兵大敗，自相蹈藉而死者，蔽野塞川。其走者聞風聲鶴唳⑤，皆以為晉兵且至，晝夜

秦軍緊逼肥水擺好陣勢，晉兵無法渡水。謝玄派使者去對陽平公苻融說：「貴軍深入，而逼水擺陣，這乃是持久之計，不是想要速戰的樣子。如果能移動陣勢稍微後退一點，讓晉軍得以渡水，來一決勝負，不很好嗎？」秦軍諸將都說：「我眾彼寡，不如阻攔住他們，使他們不能上前，可確保萬全。」苻堅說：「只要使軍隊稍微後退一點，等他們渡過一半時，我們用鐵騎逼上去把他們斬殺，就沒有不勝之理。」苻融也以為是這樣，於是指揮軍隊退卻。秦兵一退，就無法停下來。謝玄、謝琰、桓伊等帶領軍隊渡水攻擊。苻融快馬巡陣，想要指揮後退的軍隊，馬絆倒，被晉兵所殺，秦軍就此崩潰。謝玄等乘勝追擊，直到青岡。秦兵敗逃，自相踐

不敢息，草行露宿，重以飢凍，死者什七八⑥。初，秦兵少卻，朱序在陳後呼曰：「秦兵敗矣！」眾遂大奔。序因與張天錫、徐元喜皆來奔⑦。獲秦王堅所乘雲母車⑧。復取壽陽，執其淮南太守郭褒。……

謝安得驛書⑨，知秦兵已敗，時方與客圍棋，攝書置牀上，了無喜色，圍棋如故。客問之，徐答曰：「小兒輩遂已破賊。」既罷，還內，過户限，不覺屐齒之折⑩。

❶肥水：即今安徽瓦埠湖流入淮河的一段。❷蹙（cù）：逼迫。❸蔑（miè）：沒有。❹青岡：在今安徽壽縣西。❺鶴唳（lì）：鶴鳴聲。❻什：通「十」。❼張天錫：也是東晉舊臣。❽雲母車：用雲母裝飾窗子的車。❾驛書：通過驛站傳送的文書，在當時最為快速。❿屐（jī）齒：木屐底上安裝的木齒。不覺屐齒之折：是說謝安內心其實十分興奮，屐齒碰斷都沒察覺，前面下棋的舉動只是矯情。

踏而死的遍佈田野，堵塞了水流。那些逃走的聽到風聲鶴唳，都以為是晉兵將至，晝夜不敢停歇，在草叢中跋涉，在野地裏露宿，再加上飢餓寒冷，死掉了十之七八。當初，秦軍稍稍退卻，朱序就在陣後大叫道：「秦兵敗了！」兵眾便狂奔起來。朱序乘機和張天錫、徐元喜等投歸晉軍。晉軍繳獲了秦王苻堅所乘的雲母車。收復了壽陽，擒獲了秦淮南太守郭褒。……

謝安接到驛書，知道秦兵已大敗，這時他正與客人下圍棋，便收了文書放在牀上，沒有絲毫喜色，照舊下棋。客人問他，他慢慢地回答道：「小兒們已經破敵。」下完棋，回到內室，走過門檻時，木屐的齒碰斷了也沒發覺。

遷都洛陽

——促進民族大融合的決策

肥水之戰以後，前秦政權崩潰，北方再度大動亂。在動亂中崛起的鮮卑族拓跋氏於公元 386 年建立了北魏政權。公元 439 年統一北方，進行了一系列的改革，促進各民族的融合。公元 493 年，北魏孝文帝為了擺脱拓跋氏舊貴族的羈絆，決心遷都洛陽，這是改革中的一項重要決策。

本篇選自《資治通鑒》卷一三八齊紀武帝永明十一年

（493），簡要地介紹了孝文帝遷都洛陽的過程。其中孝文帝和任城王的對話，引經據典，饒有興味。孝文帝這位銳意改革的君主形象，十分生動鮮明。

魏主以平城地寒[1]，六月雨雪[2]，風沙常起，將遷都洛陽；恐羣臣不從，乃議大舉伐齊[3]，欲以脅眾。齋於明堂左个[4]，使太常卿王諶筮之[5]，遇革[6]，帝曰：「『湯、武革命[7]，應乎天而順乎人[8]』，吉孰大焉！」羣臣莫敢言。尚書任城王澄曰：「陛下奕葉重光[9]，帝有中土[10]；今出師以征未服，而得湯、武革命之象，未為全吉也！」帝厲聲曰：「繇云[11]：『大人虎變』，何言不吉！」澄曰：「陛下龍興已久[12]，何得今乃虎變！」帝作色曰：「社稷我之社稷[13]，任城欲沮眾邪！」澄曰：「社稷雖為陛下之有，臣為

魏帝因為平城地氣寒冷，六月還降雪，常颳風飛沙，準備遷都洛陽，擔心臣下們不聽從，就議論大舉進攻南朝的蕭齊，想以此脅迫大家。他齋戒於明堂東南室，叫太常卿王諶占卦，遇到革卦，魏帝說：「『成湯、周武革命，應乎天意而順乎人情。』再沒有比這更吉利的了！」臣下們沒有人敢說甚麼。尚書任城王拓跋澄說：「陛下承累世的德化，君臨中原，如今出師征伐尚未臣服的蕭齊，而得到的卻都是成湯、周武革命的卦象，不能說完全吉利吧！」魏帝厲聲說道：「繇辭中說『大人虎變』，怎能說不吉利！」拓跋澄說：「陛下即位已久，怎能今天才虎變！」魏帝沉下臉說：「社稷是我的社

社稷之臣，安可知危而不言！」帝久之乃解，曰：「各言其志，夫亦何傷！」

既還宮，召澄入見，逆謂之曰⑭：「嚮者革卦，今當更與卿論之。明堂之忿，

❶魏主：指北魏孝文帝。平城：今山西大同。❷雨雪：降雪，雨在這裏是動詞。❸齊：當時南北朝對峙，此處的「齊」指南朝蕭氏建立的齊，史稱「南齊」。❹明堂左個：明堂，朝廷舉行大典之處。左個，指寢宮南堂的東偏。❺太常卿王諶（chén）：太常卿是九卿之一，主持祭祀禮樂。筮（shì）：用蓍（shī）草占卦。❻革：《易經》六十四卦之一。《易經》原係占卦書，古人用來占卦測吉凶。❼湯：商湯。武：周武王。二人為商、周兩朝開國之君。這「革」是興革，「命」是天命，指推翻舊王朝而言，和今天所說的「革命」不一樣。❽引文是《易經》中解釋「革」卦的話。❾奕葉：累世重光，德化如日月普照天下。❿中土：中原地區。⓫繇（yáo）：通「爻」（yáo），爻是組成易象的基本符號，有陽爻和陰爻，陽爻稱九，陰爻稱六，由此組成八卦和六十四卦，每卦有六個爻。這裏的「繇」是爻辭，是解說「革」卦中倒數第五個陽爻即「九五」這一爻的。這是象徵君位之爻，其意義是：此時君主即大人的革變，應天順人，就像虎紋那樣彪炳。⓬龍興：做皇帝。⓭社稷：古代帝王、諸侯所祭的土地神和穀神，用作國家的代稱。沮（jǔ）：阻攔、破壞。⓮逆：迎。忿（fèn）：憤怒。

稷，任城王想要阻攔大家嗎！」拓跋澄說：「社稷雖是陛下所有，臣為社稷之臣，怎麼可以看到有危險而不說呢！」魏帝過了好一會才轉換口氣說：「各人說自己的想法，那又何妨！」

魏帝回宮，把拓跋澄找來，魏帝迎上前去說：「剛才革卦的事情，現在該再和您商量。在明堂上我之所以發怒，

恐人人競言，沮我大計，故以聲色怖文武耳。想識朕意。」因屏人謂澄曰：「今日之舉，誠為不易。但國家興自朔土①，徙居平城；此乃用武之地，非可文治。今將移風易俗，其道誠難。朕欲因此遷宅中原，卿以為何如？」澄曰：「陛下欲卜宅中土，以經略四海，此周、漢所以興隆也！」帝曰：「北人習常戀故，必將驚擾，柰何？」澄曰：「非常之事，故非常人之所及。陛下斷自聖心，彼亦何所能為！」帝曰：「任城，吾之子房也②！」

六月，丙戌，命作河橋，欲以濟

是怕大家競相進言，阻攔大計，所以用疾言厲聲來威嚇文武百官。想您能領會朕意。」於是摒退侍從，對拓跋澄說：「今日舉動，實在很不容易。但我們國家從北方崛起，遷居平城，這是用武之地，無法施行文治。如今要移風易俗，做起來確實困難。朕想因此遷居中原，您看怎麼樣？」拓跋澄說：「陛下要到中原擇地居住，來經略四方，這是周、漢兩代之所以能夠興隆之故啊！」魏帝說：「北人習慣陳規，留戀故土，必將驚慌紛擾，那怎麼辦？」拓跋澄道：「不尋常之事，當然不是尋常人所能考慮到的。陛下心裏有了主見，他們又能怎麼樣！」魏帝說：「任城是我的張子房啊！」

師③。祕書監盧淵上表④，以為：「前代承平之主，未嘗親御六軍⑤，決勝行陣之間；豈非勝之不足為武，不勝有虧威望乎！昔魏武以弊卒一萬破袁紹，謝玄以步兵三千摧苻秦，勝負之變，決於須臾，不在眾寡也。」詔報曰：「承平之主，所以不親戎事，或以同軌無敵⑥，或以懦劣偷安⑦；今謂之同軌則未然，比之懦劣則可恥。必若王者不當親戎，

❶ 朔：北方。❷ 子房：漢高祖謀士張良的字，張良曾襄助劉邦遷都長安，故以此為比喻。❸ 濟：渡。❹ 祕書監：負責掌管機要和文書圖籍的長官。❺ 六軍：《周禮・司馬》說：王有六軍。後人常有皇帝親統六軍的說法。❻ 同軌：車轍寬度相同，引申為天下統一。❼ 懦劣：平庸，低下。偷安：只顧眼前安逸。

六月丙戌（七日），魏帝命令在河上架橋，以便大軍過河。祕書監盧淵上表，認為：「前代太平之世的君主，從沒有親自統率六軍，去決勝負於行陣之間，這難道不是因為勝了並不足以顯示本領，而打不贏倒有損於威望嗎！從前魏武帝以一萬疲弊之卒打敗袁紹，謝玄用三千步兵摧破苻秦，勝負轉變，決定於須臾之間，而並不在於軍隊之多寡。」魏帝下詔回答說：「太平之世的君主，其之所以不親赴戎事，或者是因為天下一統已沒有敵人，或者是本人怯懦苟且偷安：如今要說天下已經一統則不是事實，自比怯懦則感到可恥。一定要說君主不當親赴戎事，

則先王制革輅①，何所施也？魏武之勝，蓋由仗順；苻氏之敗，亦由失政；豈寡必能勝眾，弱必能制強邪！」丁未，魏主講武②，命尚書李沖典武選③。……

七月……戊子，魏中外戒嚴，發露布及移書，稱當南伐。……

魏主使錄尚書事廣陵王羽持節安撫六鎮④，發其突騎。丁亥，魏主辭永固陵⑤；己丑，發平城，南伐，步騎三十餘萬。使太尉丕與廣陵王羽留守平城，並加使持節⑥。羽曰：「太尉宜專節度，臣

那麼先古的君王製造革輅，又派甚麼用處呢？魏武帝的勝利，是由於他名正言順；苻氏的失敗，是由於施政失當，怎能説寡必能勝眾，弱必能勝強呢！」丁未（二十八日），魏主親自檢閱軍隊，叫尚書李沖選取剛勇之士。……

七月……戊子（當為戊午，十日），北魏中外戒嚴，佈告四方，並通知蕭齊，宣稱要南伐。……

魏帝派錄尚書事廣陵王拓跋羽持節安撫六鎮，調發六鎮中精鋭的騎兵。丁亥（八月九日），魏帝到永固陵告辭；己丑（十一日），從平城出發南伐，步騎

正可為副。」魏主曰：「老者之智，少者之決，汝無辭也！」……

九月，……魏主自發平城至洛陽，霖雨不止⑦，丙子，詔諸軍前發。丁丑，帝戎服，執鞭乘馬而出。羣臣稽顙於馬前⑧。帝曰：「廟算已定⑨，大軍將進，諸公更欲何云？」尚書李沖等曰：「今者之舉，天下所不願，唯陛下欲之；

❶革輅（lù）：以皮革蒙飾的供君主使用的兵車。❷講武：講習武事，檢閱軍隊。❸武選：武科考試。❹錄尚書事：魏晉南北朝時，由重臣領尚書省事務，稱「錄尚書事」。六鎮：北魏為防禦柔然侵擾，在京都平城以北、陰山以南設置的六個軍鎮。❺永固陵：北魏文明太皇太后馮氏的陵寢。馮氏是魏孝文帝的祖母，孝文帝登基之初，政事多由她主持。❻使持節：使持節者有權判處刺史以下官員生死。❼霖：久雨。❽稽顙（sǎng）：古時一種跪拜禮。屈膝下拜，以額觸地。❾廟算：廟堂的謀算，指朝廷的重大決策。

有三十多萬。行前指派太尉拓跋丕和廣陵王拓跋羽留守平城，都加給使持節。拓跋羽說：「太尉理當加使持節專制一切，臣只適合做個副手。」魏帝說：「老年人有智慧，少年人能決斷，你不要再推辭！」……

九月……魏帝從平城出發到達洛陽，久雨不停。丙子（二十八日），下詔諸軍向前出發。丁丑（二十九日），魏帝全副武裝，執鞭乘馬而出。臣下跪拜在馬前以額觸地。魏帝說：「廟堂謀算早定，大軍將繼續前進，諸公還要說甚麼？」尚書李沖等說：「今天的行動，乃天下人之所不願，只有陛下要這樣，

臣不知陛下獨行，竟何之也！臣等有其意而無其辭，敢以死請！」帝大怒曰：「吾方經營天下，期於混壹，而卿等儒生，屢疑大計；斧鉞有常①，卿勿復言！」策馬將出。於是安定王休等並殷勤泣諫。帝乃諭羣臣曰：「今者興發不小，動而無成，何以示後！朕世居幽朔②，欲南遷中土；苟不南伐，當遷都於此，王公以為何如？欲遷者左，不欲者右。」南安王楨進曰：「『成大功者不謀於眾③』。今陛下苟輟南遷之謀，遷都洛邑，此臣等之願，蒼生之幸也。」羣臣皆呼萬歲。時舊人雖不願內徙④，而憚於南伐，無敢言者；遂定遷都之計。

臣不知陛下獨自前進，究竟要去甚麼地方？臣等有這樣的想法而無法用言辭表達，敢冒死請求！」魏帝大怒道：「我正想經營天下，以實現統一，而你等儒生，對大計屢表懷疑，國有常刑，你不要再說了！」驅馬將出。這時安定王拓跋休等都情辭懇切地哭着進諫。魏帝這才對臣下說：「此次興發不小，甚麼也沒辦成，用甚麼向後世交代！朕世代居住北邊，想要南遷中原，如果不南伐，就該遷到這裏，王公們認為如何？想遷的站到左邊，不想遷的站到右邊。」南安王拓跋楨進言道：「『成大功者不謀於眾』。現在陛下如能中止南伐，遷都洛陽，這是臣等的願望，也是百姓的幸運。」臣下都高呼萬歲。當時

李沖言於上曰：「陛下將定鼎洛邑⑤，宗廟宮室，非可馬上遊行以待之。願陛下暫還代都⑥，俟羣臣經營畢功，然後備文物、鳴和鸞而臨之⑦。」帝曰：「朕將巡省州郡⑧，至鄴小停⑨，春首即還，未宜歸北。」乃遣任城王澄還平城，諭留司百官以遷都之事⑩，曰：「今日真所謂革也。王其勉之！」

❶ 斧鉞（yuè）有常：斧鉞是用以殺人的，「斧鉞有常」等於說「國有常刑」。❷ 幽朔：北邊的泛稱。❸ 成大功者不謀於眾：引用《商君書・更法》的話。❹ 舊人：指與拓跋氏同起兵於北方的各部族後裔。❺ 定鼎：鼎為古代王權的象徵，定鼎即定都。❻ 代都：即平城。❼ 文物：指儀仗車駕之類，不是今天所說的文物。和鸞（luán）：馬車上的鈴鐺。鳴和鸞，意即駕車。❽ 巡省（xǐng）：巡察。❾ 鄴：今河南安陽北。❿ 留司百官：留在平城的各機構的官員。

那些舊人雖然不願內遷，但害怕南伐，再沒敢多說，於是定下了遷都的大計。

李沖對魏帝說：「陛下將要定鼎洛邑，宗廟宮室，不是在馬上遊轉能等待建成的。希望陛下暫回代都，等羣臣經營完工，然後整儀仗，備車駕前來。」魏帝說：「朕將要巡察州郡，到鄴城稍作停留，初春便回洛陽，不宜再回北方。」於是叫任城王拓跋澄回到平城，把遷都之事曉諭留守機構的官員，說：「今天才真說得上是『革』啊。王該好好努力！」

隋軍滅陳

——三百年分裂狀態的終結

北魏分裂成東魏、西魏，後又分別被北齊、北周所取代。北周滅北齊統一北方，北周權臣楊堅奪取政權建立隋朝，史稱隋文帝。南方則東晉以後經歷宋、齊、梁、陳四朝。隋文帝滅陳，結束了南北朝對峙的局面，中國重新歸於一統。

本篇選自《資治通鑒》卷一七六至一七七陳紀長城公禎

明二年（588）至隋紀文帝開皇九年（589）①。文中記述了隋軍渡江直至攻入建康的過程，形象地勾勒了陳後主的昏庸面目。

❶ 長城公：陳後主死後，隋朝追贈他為長城縣公，這裏的「長城公」就是陳後主。

禎明二年……十二月，……隋軍臨江，間諜驟至①，憲等殷勤奏請②，至于再三。文慶曰③：「元會將逼，南郊之日，太子多從；今若出兵，事便廢闕。」帝曰：「今且出兵，若北邊無事，因以水軍從郊，何為不可！」又曰：「如此則聲聞鄰境，便謂國弱。」後又以貨動江總④，總內為之遊說，帝重違其意⑤，而迫羣官之請，乃令付外詳議。總又抑憲等，由是議久不決。

帝從容謂侍臣曰：「王氣在此⑥。齊兵三來⑦，周師再來⑧，無不摧敗。彼

禎明二年（588）……十二月，……隋軍到達長江北岸，陳朝派出去的間諜多次回來報告，袁憲等人再三上奏，懇請出兵。施文慶說：「元會即將來臨，到南郊那天，太子多跟從前往；現在如果出兵，這些事情就都得停止舉行。」陳主說：「現在姑且出兵，如果北邊無事，就用水軍隨從南郊，有甚麼不好！」施文慶又說：「這樣消息傳進鄰國邊境，人家就會說我們國家虛弱。」事後施文慶又用財物賄賂江總，江總私下幫他遊說，陳主難以反對他們的意見，但又迫於官員們的請求，就交付朝廷審議。江總又抑制袁憲等人，因而一直議而不決。

何為者邪！」都官尚書孔範曰⑨：「長江天塹⑩，古以為限隔南北，今日虜軍豈能飛渡邪！邊將欲作功勞，妄言事急。臣每患官卑，虜若渡江，臣定作太尉公矣⑪！」或妄言北軍馬死，範曰：「此是我馬，何為而死！」帝笑以為然，故不為深備，奏伎縱酒，賦詩不輟。……

❶ 驟：屢次。❷ 憲：袁憲，陳朝的尚書僕射。❸ 文慶：施文慶，是執掌樞密的權臣。元會：元旦，這天天子要朝會羣臣。南郊：當時每隔一年正月第一個辛日在南北二郊舉行祭祀天地的大典。❹ 江總：陳朝的尚書令。❺ 重違：難以反對。❻ 王氣：王者之氣，這是古人的迷信說法。❼ 齊兵三來：梁敬帝紹泰元年（555），北齊徐嗣徽、任約攻建康，太平元年（556），北齊軍再逼建康，陳文帝天嘉元年（560），北齊劉伯球、慕容恃德等助梁叛將王琳攻蕪湖，都告失敗。❽ 周師再來：陳文帝天嘉元年（560），北周獨孤盛、賀若敦率兵入湘川，陳廢帝光大元年（567），北周宇文直等助原陳湘州刺史華皎起兵，也均告失敗。❾ 都官尚書：主管刑部，相當於後來的刑部尚書。❿ 天塹（qiàn）：塹是壕溝、護城河，天塹就是天設下的防護溝。⓫ 太尉：當時官職最高的「三公」之一。

陳主從容地對侍從的臣下說：「王氣在此。齊軍曾來過三次，周軍來過兩次，沒有一次不被打敗。他們又能麼樣呢！」都官尚書孔範說：「長江天塹，自古以來就被認為是用以分隔南北的，今天虜軍難道能飛渡嗎！邊境上的將領們想弄點功勞，亂說事態緊急。臣常恨官職太小，虜若渡江，臣定可立功當上太尉公了！」有人謠傳北軍的馬死了，孔範說：「這是我的馬，怎麼死了？」陳主笑了，以為真是這樣，從而不嚴加戒備，依舊不停地讓女伎歌舞，縱情飲酒，賦詩作樂。……

開皇九年，春正月，乙丑朔，陳主朝會羣臣，大霧四塞，入人鼻，皆辛酸。陳主昏睡，至晡時乃寤①。

是日，賀若弼自廣陵引兵濟江②。先是弼以老馬多買陳船而匿之，買弊船五六十艘，置於瀆內。陳人覘之③，以為內國無船④。弼又請緣江防人每交代之際，必集廣陵，於是大列旗幟，營幕被野，陳人以為隋兵大至，急發兵為備，既知防人交代，其眾復散；後以為常，不復設備。又使兵緣江時獵，人馬喧譟。故弼之濟江，陳人不覺。韓擒虎將五百人自橫江宵濟采石⑤，守者皆醉，

隋開皇九年（589）春天正月乙丑初一，陳主臨朝會見羣臣，到處盡是大霧，透進人的鼻孔裏，都有辛酸的感覺。陳主昏睡，到黃昏時才蘇醒。

這天，隋將賀若弼從廣陵領兵渡過長江。先前賀若弼用老馬去買了許多陳國的船隻藏匿起來，又買了破舊的船隻五六十艘，停放在小河裏。陳人窺探到，認為北方無船。賀若弼又請准沿江駐守的部隊每當交替之時，都到廣陵集中，這時大張旗幟，遍地都是營幕，陳人以為隋軍大量湧到，急忙調發軍隊從事戒備，既而知道只是駐守部隊交替，調發的軍隊又都散回；後來習以為常，不再有所防備。

遂克之。晉王廣帥大軍屯六合鎮桃葉山⑥。……

時建康甲士尚十餘萬人，陳主素怯懦，不達軍事，唯日夜啼泣，台內處分⑦，一以委施文慶。文慶既知諸將疾己，恐其有功，乃奏曰：「此輩怏怏⑧，素不伏官⑨，迫此事機，那可專信！」由是諸將凡有啟請，率皆不行。

❶ 晡時：黃昏時。寤（wù）：醒。❷ 賀若弼：隋朝大將，在晉王楊廣（即後來的隋煬帝）統率下領兵平陳。廣陵：今江蘇揚州。❸ 覘（chān）：偵伺。❹ 內國：即中國，指隋統治的北方。❺ 韓擒虎：隋朝大將，在晉王統率下領兵平陳。橫江：在今安徽和縣。采石：在今安徽當塗西北長江東岸。❻ 六合鎮：今南京六合。桃葉山：在今六合，原為渡江之處，今距長江已遠。❼ 台：指尚書省，當時施政中心。❽ 怏（yàng）怏：因不滿而鬱鬱不樂。❾ 官：當時稱皇帝為「官」。

賀若弼還不時派兵沿江打獵，人馬喧譟。所以當賀若弼渡江時，陳人沒有發覺。隋將韓擒虎率領五百人從橫江趁着夜色過江到采石，守衞的人都喝得大醉，於是攻佔了那裏。晉王楊廣則統帥大軍駐紮在六合鎮的桃葉山。……

當時建康的戰士還有十多萬人，陳主平素膽小懦弱，不懂軍事，只是日夜啼哭，尚書省裏的事情，全部交給施文慶去處理。施文慶知道將領們都討厭自己，生怕他們有功，就上奏道：「這些人鬱鬱不滿，素來不服從陛下，在這樣的緊要關頭，怎能完全信任！」由此將領們凡有報告請求，多數都得不到允准。

賀若弼之攻京口也①，蕭摩訶請將兵逆戰②，陳主不許。及弼至鍾山③，摩訶又曰：「弼懸軍深入，壘塹未堅，出兵掩襲，可以必克。」又不許。陳主召摩訶、任忠於內殿議軍事④，忠曰：「兵法：客貴速戰，主貴持重。今國家足兵足食，宜固守台城⑤，緣淮立柵，北軍雖來，勿與交戰；分兵斷江路，無令彼信得通。給臣精兵一萬，金翅三百艘⑥，下江徑掩六合；彼大軍必謂其渡江將士已被俘獲，自然挫氣。淮南土人與臣舊相知悉⑦，今聞臣往，必皆景從⑧。臣復揚聲欲往徐州⑨，斷彼歸路，則諸軍不擊自

賀若弼進攻京口，蕭摩訶請求帶兵迎戰，陳主不准。等到賀若弼到達鍾山，蕭摩訶又說：「賀若弼孤軍深入，營壘壕溝都尚未築起挖成，出兵掩襲去，准定可以取勝。」又不准。陳主召集蕭摩訶、任忠在內殿議論軍事，任忠說：「兵法上講：客軍貴在速戰，主軍貴在持重。如今國家兵多糧足，應該固守台城，沿着秦淮河立下柵欄，北軍即使來了，也不和他們交戰；而分兵截斷江路，使他們和後方信息不通。再給臣精兵一萬，金翅戰船三百艘，沿江而下直襲六合，他們的大軍一定認為那些渡江的將士已被俘獲，自然挫喪鋭氣。淮南本地人和臣原先就很熟悉，如今聽到臣去，必定響應歸附。臣再揚

去。待春水既漲，上江周羅睺等眾軍必沿流赴援[10]。此良策也！」陳主不能從。明日，欻然曰[11]：「兵久不決，令人腹煩，可呼蕭郎一出擊之[12]。」任忠叩頭苦請勿戰。孔範又奏：「請作一決，當為官勒石燕然[13]。」陳主從之，謂摩訶曰：「公可為我一決！」摩訶曰：「從來行陳，為國為身；今日之事，兼為妻子。」

❶京口：今江蘇鎮江。❷蕭摩訶：陳朝的驃騎將軍。❸鍾山：在今江蘇南京市郊。❹任忠：陳朝的鎮東大將軍、侍中。❺台城：東晉南朝中央政府機關和宮殿的所在地，築有城牆。❻金翅：戰船的名稱。❼土人：當地人。❽景從：景，通「影」。景從，如影相從。❾徐州：治所在今江蘇徐州。❿上江：指長江上游，即今湖北地區。周羅睺（hóu）：陳朝的散騎常侍，在上江督水軍。⓫欻（xū）然：突然。⓬蕭郎：指蕭摩訶。⓭勒石燕然：東漢竇憲破匈奴，登燕然山，刻石紀功而返。燕然山，即今蒙古杭愛山。

言要前往徐州，斷絕他們的歸路，這樣各路隋軍便會不攻自退。等春水上漲，上江的周羅睺諸軍必然順流趕來救援。這是好辦法啊！」陳主不聽從。第二天，他忽然說：「老是不能決定勝負，叫人心中煩悶，可叫蕭郎出兵打一仗。」任忠叩頭苦苦請求不要出戰。孔範又進言道：「請出兵一決勝負，臣當為陛下勒石燕然。」陳主聽了他的話，對蕭摩訶說：「公可為我一決勝負！」蕭摩訶說：「從來行軍作戰，是為國為身；今日的事情，是兼為妻子兒女。」

陳主多出金帛賦諸軍以充賞。甲申，使魯廣達陳於白土岡①，居諸軍之南，任忠次之，樊毅、孔範又次之，蕭摩訶軍最在北，諸軍南北亙二十里②，首尾進退不相知。

賀若弼將輕騎登山，望見眾軍，因馳下，與所部七總管楊牙、員明等甲士凡八千，勒陣以待之。陳主通於蕭摩訶之妻，故摩訶初無戰意；唯魯廣達以其徒力戰，與弼相當。隋師退走者數四，弼麾下死者二百七十三人，弼縱煙以自隱，窘而復振。陳兵得人頭，皆走獻陳

陳主拿出了大量的金帛分給諸軍以作賞賜。甲申（二十日），派魯廣達在白土岡列陣，居各路軍的南端，依次往北是任忠軍，樊毅、孔範軍，蕭摩訶軍在最北。各軍南北連貫二十里，首尾進退都互不知悉。

賀若弼帶領輕騎登山，看了各路陳軍，就跑下山來，與所統率的七個總管楊牙、員明等戰士共八千人，列陣迎戰。陳主和蕭摩訶的妻子私通，因而蕭摩訶本來就無心替陳主出力；只有魯廣達指揮部下苦戰，和賀若弼相持。隋軍退卻了好幾次，賀若弼手下有二百七十三人戰死，他自己燒起煙來隱蔽，在窘困中重新整頓部隊作戰。陳兵斬得人頭，都跑回去獻

主求賞。弼知其驕惰，更引兵趣孔範；範兵暫交即走，陳諸軍顧之，騎卒亂潰，不可復止，死者五千人。員明擒蕭摩訶，送於弼，弼命牽斬之，摩訶顏色自若，弼乃釋而禮之。

任忠馳入台，見陳主言敗狀，曰：「官好住，臣無所用力矣！」陳主與之金兩滕③，使募人出戰，忠曰：「陛下唯當具舟楫，就上流眾軍，臣以死奉衛。」陳主信之，敕忠出部分④，令宮人裝束以待之，

❶ 白土岡：在今江蘇南京東。❷ 亙（gèn）：接貫。❸ 滕（téng）：捆，包裹。❹ 部分（fēn）：部署、安排。

給陳主求賞。賀若弼知道敵軍已因驕而鬆懈，就再領兵進攻孔範，孔範軍才一接觸就退卻，各路陳軍看到了，騎兵步兵都亂了陣腳而潰退，無法阻止，有五千人被殺死。員明擒獲蕭摩訶，送到賀若弼那裏，賀若弼下令牽出去斬了，蕭摩訶臉色自若，賀若弼就釋放了他並以禮相待。

任忠馳入台城，見到陳主陳述戰敗經過，說：「陛下可以停止了，老臣已經出不上力了！」陳主給他兩捆金子，叫他招人出戰，任忠說：「陛下只該準備船隻，前往上游諸軍，臣將捨命保衛。」陳主相信了他，就叫任忠出去部署，叫宮裏的人整理行裝等待着，

怪其久不至，時韓擒虎自新林進軍[1]，忠已帥數騎迎降於石子岡[2]。領軍蔡徵守朱雀航[3]，聞擒虎將至，眾懼而潰。忠引擒虎軍直入朱雀門，陳人欲戰，忠揮之曰：「老夫尚降，諸軍何事！」眾皆散走。於是城內文武百司皆遁，唯尚書僕射袁憲在殿中，尚書令江總等數人居省中。陳主謂袁憲曰：「我從來接遇卿不勝餘人。今日但以追愧。非唯朕無德，亦是江東衣冠道盡[4]。」

陳主遑遽，將避匿，憲正色曰：「北兵之入，必無所犯。大事如此，陛下去

等了好久不見任忠回來，才感到奇怪。這時韓擒虎從新林進軍，任忠已帶着幾騎人馬在石子岡迎降。領軍蔡徵防守朱雀航，聽到韓擒虎要來了，兵眾驚慌潰逃。任忠就帶引韓擒虎軍一直進入朱雀門，陳兵還想抵抗，任忠揮開他們說：「老夫都投降了，你們還幹甚麼！」兵眾都散掉。這時城內文武百官都逃跑了，只有尚書僕射袁憲留在殿裏，尚書令江總等幾個人留在尚書省裏。陳主對袁憲說：「我平素對待你並不比別人好，今天追想起來只感到慚愧。不但是朕無德，也是江東衣冠蕩然無存了。」

陳主恐慌，準備躲藏起來，袁憲嚴正

欲安之！臣願陛下正衣冠，御正殿，依梁武帝見侯景故事⑤。」陳主不從，下榻馳去，曰：「鋒刃之下，未可交當，吾自有計！」從宮人十餘出後堂景陽殿，將自投于井，憲苦諫不從；後閣舍人夏侯公韻以身蔽井⑥，陳主與爭，久之，乃得入。既而軍人窺井，呼之不應，欲下石，乃聞叫聲；以繩引之，驚其太重，及出，乃與張貴妃、孔貴嬪同束而上⑦。

❶新林：在今南京江寧西南。❷石子岡：今南京江寧南。❸朱雀航：即朱雀橋，建康南門外浮橋，跨秦淮河兩岸，是當時重要的交通要道。❹衣冠：當時南朝自以為衣冠之邦，而賤視北朝為夷狄。❺梁武帝見侯景：侯景作亂，攻入建康，梁武帝坐於殿上見侯景，侯景未敢公然殺害。❻後閣舍人：是皇帝親近的官員。❼張貴妃：名麗華，與孔貴嬪都是陳後主最寵愛的妃嬪。

地說：「北兵進來，必定不會傷犯陛下。大事已然如此，陛下能到哪裏去！臣希望陛下端正衣冠，登臨正殿，仿照梁武帝見侯景的姿態。」陳主不聽他的話，離開坐榻飛跑而去，說：「鋒刃之下，不可抵擋，我自有辦法！」帶着十幾個宮人走出後堂景陽殿，想要跳到井裏去，袁憲苦諫不聽；後閣舍人夏侯公韻用身體擋住井口，陳主和他爭，爭了好久才跳下井。過一會北兵從井口窺看，叫了無人應聲，準備往井裏扔石頭，這才聽到井裏呼叫。用繩索往上拉，怪其過於沉重，拉出來後才知原來是和張貴妃、孔貴嬪捆在一起的。

沈后居處如常[1]。太子深年十五，閉閤而坐，舍人孔伯魚侍側，軍士叩閤而入，深安坐，勞之曰：「戎旅在塗，不至勞也！」軍士咸致敬焉。

❶ 沈后：陳後主的皇后，無寵，陳後主曾打算廢掉她，立張貴妃為皇后。

陳主的沈皇后當時居處一如往常。太子陳深年僅十五，關起閤門坐在裏面，舍人孔伯魚在一旁隨侍，北兵敲開閤門進入，陳深安然不動，慰問他們：「一路上行軍打仗，不至太勞累吧！」北兵都向他致敬。

瓦崗義軍

——農民隊伍在戰鬥中壯大

隋文帝死後，隋煬帝即位，嚴酷的勞役兵役激起農民大起義，瓦崗軍是起義隊伍中最有影響的一支。

本篇選自《資治通鑒》卷一八三隋紀煬帝大業十二年（616）到恭帝義寧元年（617）。文中記載了這支農民武裝從瓦崗起義到攻破洛口倉的不斷壯大的過程。

李密之亡也①，往依郝孝德②，孝德不禮之；又入王薄③，薄亦不之奇也。密困乏，至削樹皮而食之，匿於淮陽村舍④，變姓名，聚徒教授。郡、縣疑而捕之，密亡去，抵其妹夫雍丘令丘君明⑤。君明不敢舍，轉寄密於遊俠王秀才家，秀才以女妻之。君明從姪懷義告其事，帝令懷義自齎敕書與梁郡通守楊汪相知收捕⑥。汪遣兵圍秀才宅，適值密出外，由是獲免，君明、秀才皆死。

韋城翟讓為東都法曹⑦，坐事當斬。獄吏黃君漢奇其驍勇，夜中潛謂讓

李密逃亡，去投靠郝孝德，郝孝德對他不重視；又投王薄入夥，王薄對他也不賞識。李密困乏，剝了樹皮充飢，躲在淮陽的村落裏，隱姓埋名，招收學生教書度日。郡、縣對他產生懷疑前來逮捕，他又逃亡，投奔他的妹夫雍丘令丘君明。丘君明不敢讓他留宿，把他轉送到結交江湖好漢的王秀才家，王秀才把女兒嫁給了他。丘君明的堂姪丘懷義告發了這件事，隋帝就命令丘懷義帶上詔敕去通知梁郡通守楊汪收捕李密。楊汪派兵圍住王秀才家，正好李密外出，才得以倖免，丘君明、王秀才均被處死。

曰：「翟法司，天時人事，抑亦可知，豈能守死獄中乎！」讓驚喜，曰：「讓，圈牢之豕，死生唯黃曹主所命⑧。」君漢即破械出之。讓再拜曰：「讓蒙再生之恩則幸矣，柰黃曹主何！」因泣下。君漢怒曰：「本以公為大丈夫，可救生民之命，故不顧其死以奉脱，奈何反效兒女子涕泣相謝乎！君但努力自免，勿憂吾也！」讓遂亡命於瓦崗為羣盜⑨。

❶李密之亡也：指李密參與楊玄感反隋失敗逃亡。❷郝孝德：農民軍首領。❸王薄：隋末最早起義的農民軍首領。❹淮陽：今河南淮陽。❺雍丘：今河南杞縣。❻梁郡：治所在今河南商丘西南。通守：當時郡的長官，地位次於太守。❼韋城：今河南滑縣西南。東都：隋以洛陽為東都。法曹：當時郡縣衙門裏都分曹辦事，翟（zhái）讓所任的法曹，是管理刑獄的。❽曹主：對黃氏的尊稱。❾瓦崗：今河南滑縣南。

韋城人翟讓在東都任法曹，出了問題要被處斬。獄吏黃君漢欽佩翟讓驍勇，夜裏私自對他説：「翟法司，目前的天時人事，大家心裏都很清楚，怎麼能在監獄裏等死！」翟讓驚喜，説：「讓，是被圈起來的豬，是死是活都得由黃曹主來做主。」黃君漢立即打開刑具放他出去。翟讓再拜道：「讓蒙受再生之恩自然十分幸運，黃曹主怎麼辦呢！」説着淚掉下來。黃君漢發怒道：「本以為公是大丈夫，可以解救老百姓的困苦，所以不惜性命來讓你逃脱，怎麼倒學着小兒女哭着鼻子來謝恩呢！您只須努力脱逃，不必為我操心！」翟讓就此逃亡到瓦崗當了綠林好漢。

同郡單雄信驍健[1]，善用馬槊[2]，聚少年往從之。離狐徐世勣家於衛南[3]，年十七，有勇略，說讓曰：「東郡於公與勣皆為鄉里[4]，人多相識，不宜侵掠。滎陽、梁郡汴水所經[5]，剽行舟[6]，掠商旅，足以自資。」讓然之，引眾入二郡界，掠公私船，資用豐給，附者益眾，聚徒至萬餘人。

時又有外黃王當仁、濟陽王伯當、韋城周文舉、雍丘李公逸等皆擁眾為盜[7]。李密自雍丘亡命，往來諸帥間，說以取天下之策。始皆不信。久之，稍以

和他同郡的單雄信很驍勇，擅長在馬上使槊，招集了一羣青少年入夥。離狐人徐世勣住在衞南，年方十七，有勇有謀，對翟讓勸說道：「東郡于公是我的鄉里，熟識的人多，不便侵掠，滎陽郡和梁郡是汴水流經的地方，在那裏劫取來往的船隻，搶掠商人旅客，財物足以夠用。」翟讓同意，率領部眾進入二郡，掠取公私船隻，供給豐足，投靠入夥的越來越多，結集了一萬多人馬。

當時又有外黃人王當仁、濟陽人王伯當、韋城人周文舉、雍丘人李公逸等聚眾為盜。李密從雍丘出逃後，和這些首領往來，向他們遊說奪取天下的策略。

為然，相謂曰：「斯人公卿子弟，志氣若是。今人人皆云楊氏將滅，李氏將興。吾聞王者不死⑧，斯人再三獲濟，豈非其人乎！」由是漸敬密。

密察諸帥唯翟讓最強，乃因王伯當以見讓，為讓畫策，往說諸小盜，皆下之。讓悅，稍親近密，與之計事，密因說讓曰：「劉、項皆起布衣為帝王。

❶ 單（shàn）：姓氏。❷ 槊（shuò）：長矛。❸ 離狐：今山東菏澤西北。徐世勣（jì）：後來歸唐而被賜姓李，又因避李世民名諱而去掉世字只稱李勣。衛南：今河南浚縣東南。❹ 東郡：治所在今河南滑縣附近。❺ 滎陽：郡名，治所在今河南鄭州。❻ 剽（piāo）：搶劫。❼ 外黃：今河南杞縣東北。濟陽：今河南蘭考東北。❽ 王者：這裏的「王」是動詞，指王天下，也就是統治天下。「王者」就是指統治天下的皇帝。

起初大家都不相信，時間一久，認為講得有點道理，相互議論道：「這個人是公卿家的子弟，有這樣的志氣。如今人人都說楊氏將滅，李氏將興。聽說王者是不會死的，這個人再三地死裏逃生，說不定真是個王者！」於是對李密漸漸敬重起來。

李密觀察到各路首領中唯有翟讓最強大，就通過王伯當去見翟讓，替翟讓出謀劃策，去遊說各路小盜，叫他們都投順翟讓。翟讓很高興，對李密親近起來，和他商量謀劃，李密就勸說翟讓：「劉邦、項羽都是從布衣起家而成為帝王。

今主昏於上，民怨於下，鋭兵盡於遼東①，和親絕於突厥②，方乃巡遊揚、越③，委棄東都，此亦劉、項奮起之會也！以足下雄才大略，士馬精鋭，席卷二京④，誅滅暴虐，隋氏不足亡也！」讓謝曰：「吾儕羣盜，旦夕偷生草間，君之言者，非吾所及也！」……

有賈雄者，曉陰陽占候⑤，為讓軍師，言無不用。密深結於雄，使之託術數以説讓⑥；雄許諾，懷之未發。會讓召雄，告以密所言，問其可否，對曰：「吉不可言。」又曰：「公自立恐未必成，若

如今上頭皇帝昏庸，下邊百姓怨憤，精兵全都消耗在遼東，和親又被突厥回絕，而皇帝還去揚州、越地巡遊，把東都丟開不管，這也正是劉、項奮起的時機啊！憑足下的雄才大略，又擁有精兵健馬，席捲二京，誅滅暴虐，推翻隋朝應是輕而易舉的事情！」翟讓辭謝道：「我們只是一夥強盜，旦夕偷生於草莽之間，您所説的，不是我所能做得到的啊！」……

有個叫賈雄的，懂得陰陽占候，充當翟讓的軍師，説的話翟讓從沒有不聽從的。李密下功夫結交賈雄，叫他假託術數來説動翟讓。賈雄答應了，記在心上還沒有機會開口，就在這時翟讓召見他，告訴

立斯人，事無不濟。」讓曰：「如卿言，蒲山公當自立⑦，何來從我？」對曰：「事有相因。所以來者，將軍姓翟，翟者，澤也，蒲非澤不生，故須將軍也。」讓然之，與密情好日篤。

❶ 銳兵盡於遼東：指隋煬帝攻打高麗失利。❷ 和親絕於突厥：突厥，當時北方最強大的少數民族，這是指隋煬帝擬以宗族之女嫁突厥始畢可汗部，與之和親，但未能成功。❸ 揚、越：東南地區的泛稱，這裏指隋煬帝從運河到江都（今江蘇揚州）去的事情。❹ 二京：指當時的西京長安和東都洛陽。❺ 陰陽占候：推算陰陽，占卜凶吉，是古代的一種迷信活動。❻ 術數：占候等種種迷信活動，古人統稱為「術數」。❼ 蒲山公：指李密，他曾襲爵為蒲山郡公。

他李密所說的一切，問他這麼辦是否好，他回答道：「實在是妙不可言。」又說：「公自立為王怕未必能成功，如果立這一位，就絕沒有不成事的。」翟讓說：「照卿所說，蒲山公當自立為王，為甚麼來投靠我呢？」回答道：「得互相依靠。蒲山公之所以來，是因為將軍姓翟，翟者，水澤也。蒲沒有水澤便不能生長，因此得依靠將軍。」翟讓相信了他的話，與李密的交情一天天深起來。

密因說讓曰：「今四海糜沸，不得耕耘，公士眾雖多，食無倉廩①，唯資野掠，常苦不給。若曠日持久，加以大敵臨之，必渙然離散。未若先取滎陽，休兵館穀②，待士馬肥充，然後與人爭利。」讓從之，於是破金隄關③，攻滎陽諸縣，多下之。

滎陽太守郇王慶④，弘之子也，不能討，帝徙張須陁為滎陽通守以討之。庚戌，須陁引兵擊讓。讓曏數為須陁所敗，聞其來，大懼，將避之。密曰：「須陁勇而無謀，兵又驟勝，既驕且狠，可一戰

李密就勸翟讓說：「如今海內動亂，無從耕種，公手下兵眾雖多，沒有糧倉，只靠外出搶掠，經常苦於供應不足。如果曠日持久，再有大敵來臨，必然一哄而散。不如先拿下滎陽，讓部隊在那裏休整飽食，等到士飽馬肥，然後再和人家爭鋒。」翟讓聽從了，於是破了金隄關，進攻滎陽郡所屬各縣，多數拿了下來。

滎陽太守郇王楊慶，是楊弘的兒子，沒有能力對付翟讓，隋帝把張須陀調任滎陽通守來征討。庚戌（十月二十七日），張須陀領兵進攻翟讓。翟讓多次被張須陀打敗，聽說他來到，十分恐懼，準備避開他。李密說：「張須陀有勇無謀，帶的

擒也。公但列陣以待，密保為公破之。」讓不得已，勒兵將戰，密分兵千餘人伏於大海寺北林間。須陁素輕讓，方陳而前，讓與戰，不利，須陁乘之，逐北十餘里，密發伏掩之，須陁兵敗。密與讓及徐世勣、王伯當合軍圍之，須陁潰圍出，左右不能盡出，須陁躍馬復入救之，來往數四，遂戰死。所部兵晝夜號哭，數日不止，河南郡縣為之喪氣。……

❶ 廩（lǐn）：糧倉。❷ 館穀：供食宿。❸ 金隄（dī）關：在今河南滎陽北。
❹ 郇（xún）王慶：隋文帝從祖弟楊弘之子楊慶，封郇王。

兵又打過多次勝仗，既驕又狠，可以一戰而擒。公只須擺好陣勢等待他，我保證給您把他打敗。」翟讓不得已，便部署軍隊準備迎戰，李密分兵一千多人埋伏在大海寺北邊的樹林裏。張須陀一向輕視翟讓，結成方陣向前推進，翟讓和他交戰，不得手，張須陀掩殺過去，追趕了十多里，李密伏兵齊起，張須陀戰敗。李密和翟讓以及徐世勣、王伯當各路兵馬都圍上來，張須陀衝出包圍，但部屬不能全部跟上，張須陀躍馬重進包圍圈救他們衝出去，這樣來回到第四次，終於戰死。他所帶領的兵卒晝夜號哭，幾天不止，河南的郡縣都為之感到頹喪。……

李密說翟讓曰：「今東都空虛，兵不素練，越王沖幼①，留守諸官政令不一，士民離心。段達、元文都暗而無謀，以僕料之，彼非將軍之敵。若將軍能用僕計，天下可指麾而定。」乃遣其黨裴叔方覘東都虛實，留守官司覺之，始為守禦之備，且馳表告江都。密謂讓曰：「事勢如此，不可不發。兵法曰：『先則制於己，後則制於人。』今百姓饑饉②，洛口倉多積粟③，去都百里有餘，將軍若親帥大眾，輕行掩襲，彼遠未能救，又先無豫備，取之如拾遺耳。比其聞知，吾已獲之，發粟以賑窮乏，遠近孰不歸附！百

李密又勸說翟讓道：「如今東都空虛，軍隊平素缺乏訓練，越王的年紀小，留守的官員們各自發號施令，人心渙散。那裏的段達、元文都愚昧少謀，以我的估計，都不是將軍的對手。如果將軍能採用我的計畫，天下可指日而定。」於是派他的黨羽裴叔方去窺測東都的虛實，留守官員發覺了，開始做防禦的準備，並且快馬遞表到江都向隋帝稟告。李密對翟讓說：「事態已是如此，不能不發動了。兵法上說：『先發則他人受制於己，後發則自己受制於他人。』如今百姓正鬧饑荒，洛口糧倉裏囤積了大量糧食，距離東都有百里以上，將軍如果親自率領大隊人馬，輕裝前往掩襲，隋軍路遠無從救援，加之事先他們又沒有防備，要拿下它就像拾件

萬之眾，一朝可集。枕威養銳，以逸待勞，縱彼能來，吾有備矣。然後檄召四方，引賢豪而資計策，選驍悍而授兵柄，除亡隋之社稷，布將軍之政令，豈不盛哉！」讓曰：「此英雄之略，非僕所堪；惟君之命，盡力從事，請君先發，僕為後殿④。」庚寅，密、讓將精兵七千人出陽城北⑤，逾方山⑥，自羅口襲興洛倉⑦，破之；開倉恣民所取，老弱襁負⑧，道路相屬。

❶ 越王：隋煬帝的孫子越王楊侗，當時留守東都。❷ 饑饉（jǐn）：五穀無收叫「饑」，蔬菜無收叫「饉」。❸ 洛口：在今河南鞏義東洛河流入黃河之處，隋在此設置了大糧倉叫「興洛倉」。❹ 殿：行軍走在最後。❺ 陽城：今河南登封東南。❻ 方山：在今河南登封北。❼ 羅口：在今河南鞏義南。❽ 襁（qiǎng）負：本是指用布把嬰兒包着背起來，這裏指背糧。

掉下的東西一樣容易。等到東都知道了，我們已經佔領糧倉，開倉發糧救濟貧窮的百姓，遠近還有誰不來歸附！百萬之眾，一朝便可招集。憑藉聲威蓄養銳氣，以逸待勞，隋軍即使能來，我們也有充分準備了。然後我們就傳佈檄文號召四方，招引賢豪出謀劃策，挑選驍勇授其兵權，清除亡隋的社稷，頒佈將軍的政令，豈非天下的美事！」翟讓說：「這是英雄的方略，非我所能勝任，一切聽您安排，我盡力去幹。請您先出發，我來殿後。」庚寅（義寧元年三月初九日），李密、翟讓帶領精兵七千人出陽城之北，越過了方山，從羅口奔襲興洛倉，攻了下來。發倉任憑百姓取糧，老弱都來背負，一路上絡繹不絕。

殺兄戮弟

——玄武門裏的軍事政變

公元618年，在太原起兵的李淵創建了唐朝，統一了全國。但在統一戰爭中立有大功的第二子秦王李世民急於奪取政權，通過玄武門軍事政變，襲殺大哥太子李建成和四弟齊王李元吉。接着唐高祖李淵退位，李世民登上皇位，開創了「貞觀之治」，將中國傳統農業社會推向鼎盛時期。

本篇選自《資治通鑑》卷一九〇唐紀高祖武德五年

（622）至卷一九一高祖武德九年（626），基本上是站在李世民的立場上來寫的，對李建成、李元吉以至李淵添加了許多不實之詞，閱讀時應當注意。

世民平洛陽，上使貴妃等數人詣洛陽選閱隋宮人及收府庫珍物①。貴妃等私從世民求寶貨及為親屬求官，世民曰：「寶貨皆已籍奏，官當授賢才有功者。」皆不許，由是益怨。世民以淮安王神通有功②，給田數十頃。張婕妤之父因婕妤求之於上③，上手敕賜之，神通以教給在先④，不與。婕妤訴於上曰：「敕賜妾父田，秦王奪之以與神通。」上遂發怒，責世民曰：「我手敕不如汝教邪！」他日，謂左僕射裴寂曰：「此兒久典兵在外，為書生所教，非復昔日子也。」尹德妃父阿鼠驕橫⑤，秦王府屬杜如晦過其門，阿

李世民平定洛陽，皇上派貴妃等人到洛陽挑選隋朝的宮人並接收府庫裏的珍貴物品，貴妃等私下向李世民索取珍寶財物，並為自己的親屬謀求官職。李世民說：「珍寶財物都已經登記上奏，官職應授予有才能和有功勳的。」於是全部不答應，因此貴妃等越發怨恨。李世民因淮安王李神通有功，給了幾十頃田。張婕妤的父親通過張婕妤向皇上索要，皇上下了手敕把這幾十頃田賜給他，李神通因為秦王在這以前已命令把田給了自己，便不再讓出。張婕妤向皇上訴說道：「敕賜給妾父的田，秦王奪了給李神通。」皇上因而生氣，責備李世民說：「我的手敕還不如你的『教』嗎！」後來，皇上對左僕

鼠家童數人曳如晦墜馬毆之，折一指，曰：「汝何人？敢過我門而不下馬！」阿鼠恐世民訴於上，先使德妃奏云：「秦王左右陵暴妾家。」上復怒，責世民曰：「我妃嬪家猶為汝左右所陵，況小民乎！」世民深自辯析，上終不信。……

❶上：指唐高祖李淵。貴妃：唐代皇后以下的第一等妃嬪的稱號。❷淮安王神通：李淵叔父李亮的長子李神通，立有戰功。❸婕妤（jié yú）：唐代第三等妃嬪的稱號。❹教：當時秦王所下的命令叫「教」。❺德妃：唐代第一等妃嬪的稱號。

射裴寂說：「這個孩子長期在外面帶兵，聽了讀書人的話，已不是過去的模樣。」尹德妃的父親阿鼠驕悍蠻橫，秦王府的屬官杜如晦經過他的家門，阿鼠的幾個家僮把杜如晦拉下馬毆打，打折了一個指頭，說：「你是甚麼東西，敢經過我家門口不下馬！」阿鼠知道了，怕李世民告到皇上那裏，就叫尹德妃先奏告說：「秦王的左右欺凌妾家。」皇上又生氣了，責怪李世民說：「連我的妃嬪家都被你左右的人欺凌，何況小民！」李世民花了很多氣力為自己辯解，但皇上仍不相信。……

九年……六月，……秦王世民既與太子建成、齊王元吉有隙①，以洛陽形勝之地，恐一朝有變，欲出保之。乃以行台工部尚書溫大雅鎮洛陽②，遣秦府車騎將軍滎陽張亮將左右王保等千餘人之洛陽，陰結納山東豪傑以俟變③，多出金帛，恣其所用。元吉告亮謀不軌④，下吏考驗⑤，亮終無言，乃釋之，使還洛陽。……

建成、元吉與後宮日夜譖訴世民於上，上信之，將罪世民。陳叔達諫曰⑥：「秦王有大功於天下，不可黜也！且性剛

武德九年（626）……六月，……秦王李世民已和太子建成、齊王元吉有嫌隙，李世民考慮到洛陽在地理位置上的特殊重要，唯恐一旦政局變化，準備去據守自保。就派行台工部尚書溫大雅坐鎮洛陽，再派秦府車騎將軍滎陽人張亮帶領左右王保等一千多人去洛陽，暗中結納山東豪傑以等候變故，並拿出了大量金帛，任憑他們使用。元吉指控張亮要圖謀不軌，抓回來審訊，張亮始終沒有招供，只好放了讓他回洛陽。……

建成、元吉和後宮嬪妃日夜不停地對皇上講說李世民的壞話，皇上相信了，準備處理李世民。陳叔達進諫道：「秦王

烈，若加挫抑，恐不勝憂憤，或有不測之疾，陛下悔之何及！」上乃止。元吉密請殺秦王，上曰：「彼有定天下之功，罪狀未著，何以為辭？」元吉曰：「秦王初平東都，顧望不還⑦，散錢帛以樹私恩，又違敕命，非反而何！但應速殺，何患無辭！」上不應。

❶隙（xì）：隔閡，嫌隙。❷行台：當時臨時設置的尚書省的派出機構，李世民任陝東道行台尚書令，溫大雅是陝東道行台的工部尚書。❸山東：華山、崤山以東的廣大地區，當時主要指今河南、山東、河北等地區。俟（sì）：等候。❹不軌：不守法度，造反。❺考驗：考查核實，和今天所說的不是一個意思。❻陳叔達：當時的大臣。❼顧望：觀望。

有大功於天下，可不能廢黜啊！而且他的秉性剛烈，如果對他挫折壓抑，恐怕不能忍受憂憤，會有不測之患，陛下將悔之莫及！」皇上這才作罷。元吉秘密奏請殺掉秦王，皇上說：「他有平定天下的大功，罪狀又不落實，用甚麼理由來殺他？」元吉說：「秦王剛平定東都，就逗留觀望不想回長安，散發錢帛以樹私恩，又違抗敕命，這不是謀反又是甚麼！若要趕快殺掉，不怕沒有理由！」皇上不答。

秦府僚屬皆憂懼不知所出。行台考功郎中房玄齡謂比部郎中長孫無忌曰①：「今嫌隙已成，一旦禍機竊發，豈惟府朝塗地②，乃實社稷之憂；莫若勸王行周公之事以安家國③。存亡之機，間不容髮④，正在今日！」無忌曰：「吾懷此久矣，不敢發口；今吾子所言，正合吾心，謹當白之。」乃入言世民。世民召玄齡謀之，玄齡曰：「大王功蓋天地，當承大業；今日憂危，乃天贊也，願大王勿疑。」乃與府屬杜如晦共勸世民誅建成、元吉。

秦府的人都憂懼不知怎麼辦。行台考功郎中房玄齡對比部郎中長孫無忌說：「如今嫌隙已成，一旦災禍突然來臨，豈止秦府徹底毀滅，實是國家大患；不如勸秦王照周公誅管叔、蔡叔的辦法來安定國家。存亡之間，形勢危急，要盡早作出決策！」長孫無忌說：「我早有這樣的想法，不敢講出來，如今您所說的，正合我意，應當認真稟告秦王。」就進秦府對李世民說了。李世民把房玄齡叫來商量，房玄齡說：「大王的功蓋天地，理當繼承大業；如今大家對局勢擔憂，正是上天在支持大王，願大王不要遲疑不決。」就和秦府裏的杜如晦一起勸說李世民誅討建成、元吉。

建成、元吉以秦府多驍將，欲誘之使為己用，密以金銀器一車贈左二副護軍尉遲敬德⑤，并以書招之，……敬德辭。……建成怒，遂與之絕。敬德以告世民，世民曰：「公心如山嶽，雖積金至斗，知公不移。相遺但受，何所嫌也！且得以知其陰計，豈非良策！不然，禍將及公。」既而元吉使壯士夜刺敬德，

❶考功郎中：尚書省下屬六部，每部四司，司的長官叫郎中，考功是吏部的一個司，不過這是陝東道行台的。比部：刑部的一個司。❷府朝：指秦王府，當時秦王府、齊王府都有自己的官員兵馬，等於一個小朝廷，因此可說「府朝」。❸周公之事：指周公旦誅殺兄弟管叔、蔡叔以安周室之事。❹存亡之機，間不容髮：指成敗、存亡之間，容不得一根頭髮，比喻情勢極其危急，要趕快作出決策。❺左二副護軍：當時秦王府、齊王府都有左右六府護軍。尉（yù）遲敬德：原為劉武周手下的大將，降唐後成為秦王府幹將。

建成、元吉鑒於秦府驍將很多，想引誘過來給自己出力，把一車金銀器具偷偷送給秦府左二副護軍尉遲敬德，並寫了書信招納他，……尉遲敬德推辭不受。……建成生氣了，就和他斷絕了往來。尉遲敬德把事情告訴了李世民，李世民說：「公的心意像山嶽那樣堅定，即使他們把金子堆到北斗星那樣高，我知道公也不會變心。他們送的東西只管收下，怕犯甚麼嫌疑呢！而且因此正可了解他們的陰謀詭計，豈不很好！否則，禍害將落到公身上。」不久元吉派壯士在黑夜裏行刺尉遲敬德，

敬德知之，洞開重門，安臥不動，刺客屢至其庭，終不敢入。元吉乃譖敬德於上。下詔獄訊治①，將殺之，世民固請，得免。又譖左一馬軍總管程知節，出為康州刺史②。知節謂世民曰：「大王股肱羽翼盡矣③，身何能久！知節以死不去，原早決計。」又以金帛誘右二護軍段志玄，志玄不從。建成謂元吉曰：「秦府智略之士，可憚者獨房玄齡、杜如晦耳。」皆譖之於上而逐之。世民腹心唯長孫無忌尚在府中，與其舅雍州治中高士廉、右候車騎將軍三水侯君集④，及尉遲敬德等，日夜勸世民誅建成、元吉。……

尉遲敬德知道了，把門一重重都大開着，躺着不動，刺客好幾次來到他的院子裏，終於不敢再進去。元吉就在皇上那裏誣告尉遲敬德，皇上把他下詔獄審訊，要殺掉他，李世民出力說情，才被赦免。又誣告秦府左一馬軍總管程知節，要他外任康州刺史。程知節對李世民說：「大王的股肱羽翼都完了，本身怎能長久！知節死也不去康州，希望大王及早決策。」元吉又用金帛收買秦府右二護軍段志玄，段志玄也不依從。建成對元吉說：「秦府謀士裏，可怕的只有房玄齡、杜如晦。」到皇上那裏說壞話，把他倆都趕出了秦府。李世民的心腹只剩下長孫無忌還在府裏，他和娘舅雍州治中高士廉、右候車騎將

會突厥郁射設將萬騎屯河南，入塞，圍烏城⑤，建成薦元吉代世民督諸軍北征，上從之，命元吉督右武衛大將軍李藝、天紀將軍張瑾等救烏城⑥。元吉請尉遲敬德、程知節、段志玄及秦府右三統軍秦叔寶等與之偕行，簡閱秦王帳下精鋭之士以益元吉軍。……世民命卜之，幕僚張公謹自外來，取龜投地⑦，

❶詔獄：奉皇帝詔命關押犯人的監獄。❷康州：治所在今廣東德慶。❸股：大腿；肱（gōng）：手臂從肘到腕的部分。羽翼：翅膀。總言之就是輔佐人員。❹雍州：治所就在長安城內，後來改稱京兆郡。雍州牧是李世民掛名兼領的，治中是州牧的副職。右候車騎將軍：右候衛所屬的折衝府的車騎將軍。車騎將軍是折衝府的副長官。三水：縣名，在今陝西彬縣。❺烏城：在今陝西定邊。❻右武衛大將軍：右武衛的長官。天紀將軍：唐初在關內設十二軍，天紀軍是其中的一個軍。❼龜：占卜要用龜的腹甲。

軍三水人侯君集，及尉遲敬德等人，日夜勸李世民誅討建成、元吉。……

正在此時，突厥頭目郁射設率領上萬騎兵駐屯到黃河南岸，進入邊塞，圍困了烏城。建成就推薦元吉代替李世民督率各路兵馬北征。皇上聽從了，命令元吉督率右武衛大將軍李藝、天紀將軍張瑾等去救烏城。元吉要求讓尉遲敬德、程知節、段志玄和秦府右三統軍秦叔寶等人跟他同去，還挑選秦王帳下的精鋭來補充元吉的部隊。……李世民用龜卜來判斷吉凶，幕僚張公瑾從外面進來，把龜甲往地上一扔，

曰：「卜以決疑；今事在不疑，尚何卜乎！卜而不吉，庸得已乎！」於是定計。

世民令無忌密召房玄齡等，曰：「敕旨不聽復事王，今若私謁，必坐死，不敢奉教！」世民怒，謂敬德曰：「玄齡、如晦豈叛我邪！」取所佩刀授敬德曰：「公往觀之，若無來心，可斷其首以來。」敬德往，與無忌共諭之曰：「王已決計，公宜速入共謀之。吾屬四人，不可羣行道中。」乃令玄齡、如晦著道士服，與無忌俱入，敬德自他道亦至。

說：「卜是用來判斷有疑問的事情，現在已沒有甚麼疑問，還卜甚麼！卜了不吉，難道就能罷休嗎！」於是定下了計劃。

李世民叫長孫無忌秘密地把房玄齡召來，房玄齡等說：「敕旨不准我們再事奉大王，今天如果私下進謁，必犯死罪，不敢奉大王之教！」李世民生氣了，對尉遲敬德說：「玄齡、如晦難道都背叛我嗎？」取下佩刀給敬德說：「公去看他們，如果真不想前來，可以把他們的腦袋砍下帶回來。」尉遲敬德前往，和長孫無忌一起對他們說：「王已經定下大計，公等該趕快進府一起謀劃。我們這四個人，不能成羣結隊地在街上走。」就叫房玄

己未，太白復經天①。傅奕密奏：「太白見秦分②，秦王當有天下。」上以其狀授世民。於是世民密奏建成、元吉淫亂後宮，且曰：「臣於兄弟無絲毫負，今欲殺臣，似為世充、建德報仇③。臣今枉死，永違君親，魂歸地下，實恥見諸賊！」上省之愕然④，報曰：「明當鞫問⑤，汝宜早參⑥。」

❶太白復經天：太白星就是天文學上的金星，「經天」是說它白天都可看到，是政權要變革的徵兆，這當然都是古人的迷信說法。❷秦分：古人把天上分成若干星域，叫「分野」，這些分野又和地上的區域相應，「秦分」是指天上的秦的分野，認為天象與人事相感應。❸世充、建德：指洛陽的割據者王世充、河北的農民軍首領竇建德。他們都是被李世民消滅的。❹省(xǐng)：察看。❺鞫(jū)：審訊。❻參：朝參，上朝見皇帝。

齡、杜如晦穿上道士的衣服，和長孫無忌一起進入秦府，尉遲敬德從其他道路趕到。

己未(六月初三日)，太白星再次經天，傅奕秘密上奏道：「太白星見於秦的分野，秦王當有天下。」皇上把他的奏章給李世民看。於是李世民上表密奏建成、元吉淫亂後宮，還說：「臣對兄弟絲毫沒有虧負，現在想要殺臣，像是在給王世充、竇建德報仇。臣如今含冤死去，永遠離別君親，魂歸地下，也實在恥見那些賊人！」皇上看了有點吃驚，回答道：「明天要審問，你該一早來朝參。」

庚申，世民帥長孫無忌等入，伏兵於玄武門①。張婕妤竊知世民表意，馳語建成。建成召元吉謀之。元吉曰：「宜勒宮府兵，託疾不朝，以觀形勢。」建成曰：「兵備已嚴②，當與弟入參，自問消息。」乃俱入，趣玄武門。上時已召裴寂、蕭瑀、陳叔達等③，欲按其事。

建成、元吉至臨湖殿，覺變，即跋馬東歸宮府④。世民從而呼之，元吉張弓射世民，再三不彀⑤，世民射建成，殺之。尉遲敬德將七十騎繼至，左右射元吉墜馬。世民馬逸入林下，為木枝所

庚申（初四日），李世民率領長孫無忌等入宮，派兵將埋伏在玄武門內。張婕妤探聽到李世民上表的內容，派人快馬通知建成。建成召元吉來商量，元吉說：「該部署好東宮和齊府的軍隊，託病不入朝，察看形勢再說。」建成說：「軍隊已作戒備，我當和弟一起進大內朝參，親自探問一下消息。」於是一起入朝，進入玄武門。皇上這時已召集裴寂、蕭瑀、陳叔達等大臣，準備審問李世民和建成、元吉的事情。

建成、元吉走到臨湖殿，發現事情不對，立即撥轉馬頭，往東想回宮府。李世民跟上叫他們，元吉拉弓要射世民，拉了幾次都拉不滿弓，李世民開弓把建成射

絓⑥，墜不能起。元吉遽至，奪弓將扼之，敬德躍馬叱之。元吉步欲趣武德殿⑦，敬德追射殺之。翊衛車騎將軍馮立聞建成死⑧，歎曰：「豈有生受其恩而死逃其難乎！」乃與副護軍薛萬徹、屈咥直府左車騎萬年謝叔方帥東宮、齊府精兵二千馳趣玄武門⑨。張公謹多力，獨閉關以拒之，不得入。雲麾將軍敬君弘掌宿衛兵，屯玄武門，挺身出戰，所親止之曰：

❶玄武門：大內的北門，禁軍屯營就在門外。❷嚴：整飭。❸裴寂、蕭瑀（yǔ）：都是當時的大臣。❹跋（bō）馬：撥轉馬頭。❺彀（gòu）：拉滿弓弩。❻絓（guà）：絆住。❼武德殿：在皇帝所住的大內的東半部，高祖曾把武德殿後院分給齊王吉居住。❽翊衛車騎將軍：太子東宮也有翊衛，這是翊衛所屬的車騎將軍。馮（píng）翊：今陝西大荔。❾屈咥（xì）直府左車騎：屈咥直屬帳內府，是齊王府衛軍，這是屈咥直的左車騎。萬年：縣名，當時京城的東半部分屬萬年縣，西半部分屬長安縣。

死。尉遲敬德帶上七十騎接着趕到，左右把元吉射落馬下。李世民的馬跑進樹林裏，被樹枝絆住，跌下馬來爬不起身。元吉很快趕上，奪過李世民手裏的弓要弄死他，尉遲敬德躍馬上前對元吉大喝一聲。元吉想步行逃進武德殿，尉遲敬德追上去把他射死。東宮的翊衛車騎將軍馮翊人馮立聽到建成被殺，歎氣說：「豈有生受其恩而死逃其難的道理！」就和副護軍薛萬徹、屈咥直府左車騎萬年人謝叔方率領東宮、齊府精兵二千騎飛奔玄武門。張公瑾力氣大，一個人閉上玄武門頂住，使他們進不來。雲麾將軍敬君弘統領宿衛禁軍，駐屯玄武門，這時挺身而出和東宮、齊府兵對敵，親近的人勸阻他說：

「事未可知，且徐觀變，俟兵集，成列而戰，未晚也！」君弘不從，與中郎將呂世衡大呼而進，皆死之。君弘，顯雋之曾孫也①。守門兵與萬徹等力戰良久，萬徹鼓譟欲攻秦府，將士大懼；尉遲敬德持建成、元吉首示之，宮府兵遂潰。萬徹與數十騎亡入終南山②。馮立既殺敬君弘，謂其徒曰：「亦足以少報太子矣！」遂解兵，逃於野。

上方泛舟海池③，世民使尉遲敬德入宿衛。敬德擐甲持矛④，直至上所。上大驚，問曰：「今日亂者誰邪？卿來

「事情還不清楚，姑且緩一下看事情有何變化，待禁軍都來到，擺好陣勢再打也不遲啊！」敬君弘不聽，和中郎將呂世衡大聲呼喊着衝殺過去，最後都戰死了。敬君弘是敬顯雋的曾孫。守衛玄武門的軍士和薛萬徹等奮力相持許久，薛萬徹擂鼓吶喊要攻打秦府，秦府將士大為恐懼；尉遲敬德把建成、元吉的頭給東宮、齊府兵看，東宮、齊府兵就此潰散。薛萬徹帶了幾十騎逃進終南山。馮立殺了敬君弘，對他的部下說：「多少可以報答太子了！」就丟下兵器，逃到郊外。

皇上這時正在大內的海池裏弄船，李世民派尉遲敬德去保衛。尉遲敬德披甲

此何為？」對曰：「秦王以太子、齊王作亂，舉兵誅之，恐驚動陛下，遣臣宿衞。」上謂裴寂等曰：「不圖今日乃見此事，當如之何？」蕭瑀、陳叔達曰：「建成、元吉本不預義謀，又無功於天下，疾秦王功高望重，共為姦謀，今秦王已討而誅之。秦王功蓋宇宙，率土歸心，陛下若處以元良⑤，委之國事，無復事矣！」上曰：「善！此吾之夙心也。」時宿衞及秦府兵與二宮左右戰猶未已，

❶ 顯雋（jùn）：北齊大臣敬顯雋。 ❷ 終南山：在今陝西西安南郊。 ❸ 海池：大內的池，有東、北、南三海池，這是北或南海池，在大內西北角。 ❹ 擐（huàn）：套上，穿上。 ❺ 元良：當時稱太子為元良。

持矛，一直來到皇上身邊。皇上見了大吃一驚，問道：「今天作亂的是誰？卿到這裏來幹甚麼？」尉遲敬德答道：「秦王因為太子、齊王作亂，已經舉兵把他們誅殺。怕驚動陛下，派臣來宿衞。」皇上對裴寂等人說：「想不到今天竟見到這樣的事情，該怎麼辦？」蕭瑀、陳叔達說：「建成、元吉本來就沒有參預太原起兵，又無功於天下，妒忌秦王功高望重，勾結起來搞陰謀，秦王已對他們聲討誅殺。秦王功蓋宇宙，天下歸心，陛下如把他立為太子，把國家大事都交給他，就平安無事了！」皇上說：「好吧！這正是我素來的心願。」當時禁軍、秦府兵和東宮、齊府左右還繼續交戰，

敬德請降手敕，令諸軍並受秦王處分，上從之。天策府司馬宇文士及自東上閤門出宣敕①，眾然後定。上又使黃門侍郎裴矩至東宮曉諭諸將卒②，皆罷散。……

是日，下詔赦天下，凶逆之罪，止於建成、元吉，自餘黨與，一無所問。……國家庶事，皆取秦王處分。……癸亥，立世民為皇太子。……

八月……癸亥，制傳位於太子。……甲子，太宗即皇帝位於東宮顯德殿。

❶ 天策府司馬：李世民任天策上將，司馬是府裏的重要屬官。❷ 黃門侍郎：後改為門下侍郎，是門下省的副長官。

尉遲敬德請頒佈手敕，命令各軍都歸秦王指揮，皇上依從了。天策府司馬宇文士及從東閣門出宮宣佈手敕，兵眾這才安定下來。皇上又派黃門侍郎裴矩到東宮去開導將士們，他們皆罷兵逃散。……

這天，下詔大赦天下，凶逆有罪的，只是建成、元吉，此外的黨羽都一概不問罪。……國家政務，全都由秦王處理。……癸亥（八日），立李世民為皇太子。……

八月……癸亥（七日），皇上下詔傳位於皇太子。……甲子（八日），太宗李世民即皇帝位於東宮的顯德殿。

魏徵直諫

——不怕死的田舍翁

李世民做了皇帝後，恢復生產，國家富強，社會經濟空前繁榮，史書稱之為「貞觀之治」。李世民勵精圖治，任賢納諫，寬厚愛民，是著名的有為之君。魏徵是一位敢於向李世民直陳施政弊端的人物。

本節選自《資治通鑑》卷一九四唐紀太宗貞觀六年（632）。從這裏可以看出魏徵的風貌以及和李世民君臣之間的關係。

長樂公主將出降①，上以公主，皇后所生②，特愛之，敕有司資送倍於永嘉長公主③。魏徵諫曰：「昔漢明帝欲封皇子④，曰：『我子豈得與先帝子比！』皆令半楚、淮陽⑤。今資送公主，倍於長主⑥，得無異於明帝之意乎！」上然其言，入告皇后。后歎曰：「妾亟聞陛下稱重魏徵，不知其故，今觀其引禮義以抑人主之情，乃知真社稷之臣也！妾與陛下結髮為夫婦⑦，曲承恩禮，每言必先候顏色，不敢輕犯威嚴；況以人臣之疏遠，乃能抗言如是，陛下不可不從。」因請遣中使齎錢四百緡、絹四百匹以賜

長樂公主將要下嫁，皇上因為公主是皇后親生，特別喜歡，敕令有關機構準備的嫁妝要比永嘉公主加一倍。魏徵進諫道：「過去東漢明帝要分封皇子，說：『我的兒子怎能和先帝的兒子相比！』敕令只給楚王、淮陽王封地的一半。如今給公主準備嫁妝，比長公主要加倍，怕和漢明帝的想法不一樣吧！」皇上對他的話表示同意，進去告訴皇后。皇后感歎地說：「妾屢次聽到陛下對魏徵稱讚看重，不知其緣故，如今看到他能援引禮義抑制人主的私情，才知道他真是社稷之臣啊！妾與陛下結髮為夫婦，多承陛下恩禮，但每次有所建議都得先察看臉色，不敢輕易冒犯威嚴。何況他作為人臣處於疏遠

徵⑧，且語之曰：「聞公正直，乃今見之，故以相賞。公宜常秉此心，勿轉移也。」上嘗罷朝，怒曰：「會須殺此田舍翁⑨。」后問為誰，上曰：「魏徵每廷辱我。」后退，具朝服立于庭⑩，上驚問其故。后曰：「妾聞主明臣直，今魏徵直，由陛下之明故也，妾敢不賀！」上乃悅。

❶ 出降（jiàng）：公主下嫁叫「出降」。❷ 皇后：長孫皇后，據説有賢德。❸ 永嘉長公主：唐高祖李淵的女兒，長樂公主的姑媽。❹ 漢明帝：東漢明帝劉莊，是東漢光武帝劉秀的兒子。❺ 楚、淮陽：指楚王劉英、淮陽王劉延，都是光武帝的兒子。❻ 長主：長公主，皇帝的姐妹叫「長公主」。❼ 結髮：這裏是結婚的意思。❽ 中使：宮中派出去辦事的宦官叫「中使」。❾ 緡（mín）：本是穿錢的線，古代一千文錢一串，所以一緡就是一千文錢。❿ 田舍翁：鄉下佬。⓫ 朝服：朝典大會時的正式禮服。

的地位，竟然能這樣直言，陛下不可不聽從。」於是就請派中使帶上四百緡錢、四百匹絹以賞賜魏徵，並對魏徵說：「聽説公為人正直，今日親見，所以拿這些東西作為賞賜。公應當經常本着這樣的心意，切勿有所轉移。」皇上有一次罷朝回宮，生氣地說：「總有一天要殺掉這個鄉下佬！」皇后問說的是誰，皇上說：「魏徵常常在朝廷上公開侮辱我。」皇后退下，穿戴好朝服立在庭堂上，皇上驚奇地問其原故。皇后說：「妾聽説君主賢明，臣下才會正直。如今魏徵正直，正是由於陛下賢明的緣故，妾怎敢不賀！」皇上這才高興起來。

羅織罪名

——封建官場中的卑劣伎倆

唐太宗死後，高宗即位，後來皇后武則天掌權，改唐為周，成為中國歷史上唯一的女皇帝。她為了鞏固統治，任用酷吏，羅織罪名，迫害異己，這是她統治的黑暗面。

本篇選自《資治通鑒》卷二〇四唐紀則天后永昌元年（689）至卷二〇五則天后長壽元年（692），對酷吏們的醜惡形象作了生動的描繪。

永昌元年。……初，高宗之世，周興以河陽令召見①，上欲加擢用，或奏以為非清流②，罷之。興不知，數於朝堂俟命。諸相皆無言，地官尚書、檢校納言魏玄同時同平章事③，謂之曰：「周明府可去矣④。」興以為玄同沮己，銜之。玄同素與裴炎善⑤，時人以其終始不渝，謂之「耐久朋⑥」。周興奏誣玄同言：「太后老矣⑦，不若奉嗣君為耐久⑧。」

❶河陽：在今河南孟州南。❷清流：當時士大夫出身的才算清流。周興出身卑微，不算清流。❸地官：武則天改原來的戶部為地官。檢校：當時把外加職銜叫檢校。納言：則天改門下省長官侍中為納言。同平章事：當時加同平章事的才是真宰相。❹明府：唐人稱縣令為「明府」。❺裴炎：唐大臣，勸武則天歸政於太子而獲罪被斬。❻耐久朋：經得起長時間考驗的朋友。❼太后：指武則天。❽嗣君：指皇太子李旦，也即後來的唐睿宗。

永昌元年（689），……當初，高宗在位時，周興以河陽令的身份被召見，皇上準備升級任用，有人上奏認為他不是清流，於是作罷。周興不知道，多次到朝堂上等待任命。宰相們都不開口，地官尚書、檢校納言魏玄同當時任同平章事，對他說：「周明府可以走了。」周興以為魏玄同在破壞，懷恨在心。魏玄同一向和裴炎友好，人們看到他倆的交情始終不變，稱之為「耐久朋」。周興就上奏誣告，說魏玄同說過：「太后已經老了，不如擁戴嗣君可以耐久。」

太后怒，閏月甲午，賜死于家①。監刑御史房濟謂玄同曰：「丈人何不告密②，冀得召見③，可以自直。」玄同歎曰：「人殺鬼殺④，亦復何殊，豈能作告密人邪！」乃就死。……

天授二年……春一月，……或告文昌右丞周興與丘神勣通謀⑤，太后命來俊臣鞫之，俊臣與興方推事對食，謂興曰：「囚多不承，當為何法？」興曰：「此甚易耳！取大甕⑥，以炭四周炙之⑦，令囚入中，何事不承！」俊臣乃索大甕，火圍如興法，因起謂興曰：「有內狀推兄⑧，請兄入此甕！」興惶恐叩頭伏罪。

太后大怒，這年閏月（閏九月）甲午（初五日），就勒令魏玄同在家裏自殺。監刑的御史房濟對魏玄同說：「丈人何不去告密，以期獲得召見，可以給自己申訴。」魏玄同歎氣說：「被人殺、被鬼殺，又有甚麼不同，怎能充當告密者啊！」於是自殺。

天授二年（691）……春一月，……有人控告文昌右丞周興和丘神勣通謀，太后命令來俊臣審查，來俊臣正和周興在審問案件，一起進餐，就對周興說：「囚犯往往不肯招認，該用甚麼方法？」周興說：「這十分容易！找個大甕，用炭火在四周焙烤，叫囚犯鑽進去，還有甚麼事情

法當死，太后原之。二月，流興嶺南⑨，在道為仇家所殺。……

長壽元年……春一月，……左台中丞來俊臣羅告同平章事任知古、狄仁傑、裴行本、司農卿裴宣禮、前文昌左丞盧獻、御史中丞魏元忠、潞州刺史李嗣真謀反⑩。

---

❶賜死：古代大臣有罪，皇帝勒令他在家中自殺，叫「賜死」，比押赴刑場斬首在處理上要輕一些。❷丈人：古時對老年人或前輩的尊稱。❸冀得召見：武則天獎勵告密，告密的人得以被召見。❹人殺鬼殺：「人殺」指被賜死。「鬼殺」指被他人告密致死、冤鬼害死，這是古人的迷信思想。❺文昌右丞：武則天改尚書省為文昌台，輔助尚書左右僕射的尚書左右丞也就改稱「文昌左右丞」。丘神勣：酷吏之一，天授二年（691）因罪被誅。❻甕（wèng）：陶製的盛器。❼炙（zhì）：焙烤。❽內狀：宮中發下的文書。❾嶺南：嶺南道，唐初十道之一，為今廣東、廣西大部和越南北部地方。❿左台中丞：武則天分御史台為左右，中丞是御史台的副長官。司農卿：司農寺的長官，主管糧倉之類。潞州：今山西長治。

敢不承認！」來俊臣就叫人找個大甕，按照周興的辦法用炭火在四周燒上，接着站起來對周興說：「有內狀叫審問老兄，就請老兄鑽進此甕！」周興惶恐地叩頭認罪。依法應當處死，太后寬宥了他。二月，把周興流放到嶺南，在路上被仇家殺死。……

長壽元年（692）……春一月，……左台中丞來俊臣羅織罪狀控告同平章事任知古、狄仁傑、裴行本、司農卿裴宣禮、前文昌左丞盧獻、御史中丞魏元忠、潞州刺史李嗣真謀反。

先是，來俊臣奏請降敕，一問即承反者得減死。及知古等下獄，俊臣以此誘之。仁傑對曰：「大周革命，萬物惟新，唐室舊臣，甘從誅戮。反是實！」俊臣乃少寬之。判官王德壽謂仁傑曰①：「尚書定減死矣。德壽業受驅策，欲求少階級，煩尚書引楊執柔，可乎？」仁傑曰：「皇天后土②，遣狄仁傑為如此事！」以頭觸柱，血流被面；德壽懼而謝之。侯思止鞫魏元忠，元忠辭氣不屈；思止怒，命倒曳之③。元忠曰：「我薄命，譬如墜驢，足絓於鐙④，為所曳耳。」思止愈怒，更曳之，

在此之前，來俊臣上奏請太后降敕，規定一經審問就承認謀反的，可以減免死罪。這時魏知古等被捕入獄，來俊臣就用這規定來勸誘他們招供。狄仁傑回答說：「大周革命，萬物更新，唐室舊臣，甘受誅戮。謀反是事實！」來俊臣就對他稍為放寬一些。判官王德壽對狄仁傑說：「尚書定可減免死罪了。德壽受人驅使，想要把官職稍為提升一下，請尚書把楊執柔牽引進來，好不好？」狄仁傑說道：「上天啊，叫狄仁傑幹這等事情！」用頭去撞柱子，弄得血流滿面。王德壽害怕了，只好認錯。侯思止審訊魏元忠，魏元忠口氣很硬，侯思止發怒，叫人把他倒着拖。魏元忠說：「我的命不好，猶如從驢子背上

元忠曰：「侯思止，汝若須魏元忠頭則截取，何必使承反也！」狄仁傑既承反，有司待報行刑，不復嚴備。仁傑裂衾帛書冤狀⑤，置綿衣中⑥，謂王德壽曰：「天時方熱，請授家人去其綿。」德壽許之。仁傑子光遠得書，持之告變⑦，得召見。則天覽之，以問俊臣，對曰：

❶判官：唐代高級官員可自選中級官員奏請充任判官作為助手，不算正式編制。尚書：狄仁傑是地官（戶部）侍郎，判尚書、同平章事，所以可稱之為尚書。階級：指官位俸給等級。求少階級：想把官職稍為提升一下。引：牽引。楊執柔：當時為地官尚書。❷后土：主管大地的神。❸曳（yè）：拖。❹鐙（dèng）：馬鞍兩邊的腳踏。❺衾（qīn）：被子。❻綿：絲棉。當時不用棉花。❼告變：密告發生了重大政治問題。

跌下來，腳掛在鐙上，被驢子拖着走。」侯思止更加生氣，再叫拖，魏元忠說：「侯思止，你想要我魏元忠的頭就割下來好了，何必叫我承認謀反！」狄仁傑已經承認謀反，官吏們等待着上面的批復後行刑，不再嚴加防範。狄仁傑把被子的帛撕下來寫了冤狀，塞進綿衣裏，對王德壽說：「天氣正熱，請交給家裏人拆掉裏面的絲綿。」王德壽允許。狄仁傑的兒子狄光遠取出冤狀，拿上去告變，得到太后召見。太后看了，問來俊臣，回答說：

「仁傑等下獄，臣未嘗褫其巾帶[1]，寢處甚安，苟無事實，安肯承反！」太后使通事舍人周綝往視之[2]，俊臣暫假仁傑等巾帶，羅立於西，使綝視之；綝不敢視，惟東顧唯諾而已。俊臣又詐為仁傑等謝死表[3]，使綝奏之。樂思晦男未十歲[4]，沒入司農[5]，上變，得召見，太后問狀，對曰：「臣父已死，臣家已破，但惜陛下法為俊臣等所弄，陛下不信臣言，乞擇朝臣之忠清、陛下素所信任者，為反狀以付俊臣，無不承反矣。」太后意稍寤，召見仁傑等問曰：「卿承反何也？」對曰：「不承，則已死於拷掠矣。」太后

「狄仁傑等入獄後，臣連他們的巾帶都沒有去掉，坐臥都很安適，如果沒有事實，怎肯承認謀反！」太后派通事舍人周綝去察看，來俊臣臨時把巾帶借給狄仁傑等人，叫他們都站在西面，讓周綝看。周綝不敢看，只是朝着東面唯唯諾諾。來俊臣又假造狄仁傑等人的謝死表，叫周綝奏上太后。樂思晦的兒子年紀還不到十歲，因父親被殺沒籍入司農寺為奴，這時告變，得被召見，太后問他，他對答說：「臣父已死，臣家已破，只可惜陛下的法度被來俊臣等人所毀弄，陛下若不相信臣的話，請選擇朝臣中忠誠清正為陛下一向信任的，寫好他的反狀交付來俊臣審問，就沒有不承認謀反的。」太后有點醒悟，

曰：「何為作謝死表？」對曰：「無之。」出表示之，乃知其詐，於是出此七族⑥。庚午，貶知古江夏令、仁傑彭澤令、宣禮夷陵令、元忠涪陵令、獻西鄉令⑦，流行本、嗣真于嶺南。……

❶ 褫（chǐ）：剝去、奪。❷ 通事舍人：皇帝身邊傳達意旨的近臣。❸ 謝死表：認罪甘願被處死的表奏。❹ 樂思晦：原係鸞台（門下）侍郎、檢校天官（吏部）尚書，被酷吏所殺。❺ 沒入：犯人家屬成為官奴，歸屬某機構叫「沒入某機構」。❻ 七族：指任知古、狄仁傑、裴行本、裴宣禮、盧獻、魏元忠、李嗣真等七家。❼ 江夏：今湖北武漢。彭澤：今江西彭澤東北。夷陵：今湖北宜昌。涪（fú）陵：今重慶涪陵。西鄉：今陝西西鄉。

召見狄仁傑等問道：「你們承認謀反是為甚麼？」回答道：「如果不承認，就早已被拷打死了。」太后說：「為甚麼作謝死表？」回答道：「沒有。」拿出表來一看，才知道是偽造的，於是，就把這七家都釋放。庚午（四日），貶魏知古為江夏令，狄仁傑為彭澤令，裴宣禮為夷陵令，魏元忠為涪陵令，盧獻為西鄉令，裴行本、李嗣真流放到嶺南。……

秋八月。……太后自垂拱以來[1]，任用酷吏，先誅唐宗室貴戚數百人，次及大臣數百家，其刺史、郎將以下，不可勝數。每除一官，户婢竊相謂曰：「鬼朴又來矣[2]。」不旬月，輒遭掩捕族誅。監察御史朝邑嚴善思[3]，公直敢言。時告密者不可勝數，太后亦厭其煩，命善思按問，引虛伏罪者八百五十餘人，羅織之黨為之不振。乃相與構陷善思，坐流驩州[4]。太后知其枉，尋復召為渾儀監丞[5]。

秋八月。……太后自垂拱以來，任用酷吏，先誅殺唐宗室、貴戚數百人，及大臣數百家，刺史、郎將以下被殺的無法計數。每任命一個官員，看守宮門的婢女就竊竊私語道：「做鬼的原料又來了。」不到十天半月，果然被突然逮捕滅族。監察御史朝邑人嚴善思，公平正直敢於講話。當時告密的人多得數不清，太后也厭煩了，叫嚴善思審訊，承認虛構事實而伏罪的有八百五十多人，靠羅織別人罪狀起家的就此不再那麼神氣。他們設法誣陷嚴善思，使他坐罪流放到驩州。太后知道他冤枉，不久再把他召回來做渾儀監丞。

❶ 垂拱：武則天年號，前後凡四年（685—688）。❷ 戶婢：宮中守門的婢女。鬼朴：「朴」是未加工的木材，「鬼朴」就是做鬼的材料。❸ 監察御史：唐代御史台有侍御史、殿中侍御史、監察御史各若干人。朝邑：在今陝西大荔。❹ 驩州：今越南榮市。❺ 渾儀監丞：武則天改司天監為渾儀監，丞是監的主要屬官。

祿山叛亂

——唐朝中衰的標誌

武則天的孫子、唐玄宗李隆基在位的開元、天寶年間，是唐代的全盛時期。當時為了對付邊境少數民族而設置了九個節度使，其中實力最強大的節度使安祿山在天寶末年叛亂。攻佔洛陽、長安，安祿山死後，部將史思明又繼續作亂。到玄宗的孫子代宗李豫在位時才告平定，史稱「安史之亂」。從此，唐朝統治就走向下坡路。

本篇選自《資治通鑒》卷二一七唐紀玄宗天寶十四載（755）至卷二一八肅宗至德元載（756）①，是有關安祿山發動叛亂、攻佔兩京，以及玄宗出奔、馬嵬兵變這一段歷史的記述。

❶ 載：就是年，唐自天寶三年（744）起改「年」為「載」，到乾元元年（758）才重又改「載」為「年」。

天寶十四載。……安祿山專制三道[1]，陰蓄異志，殆將十年，以上待之厚[2]，欲俟上晏駕然後作亂[3]。會楊國忠與祿山不相悅[4]，屢言祿山且反，上不聽；國忠數以事激之，欲其速反以取信於上。祿山由是決意遽反，獨與孔目官、太僕丞嚴莊，掌書記、屯田員外郎高尚[5]，將軍阿史那承慶密謀，自餘將佐皆莫之知，但怪其自八月以來屢饗士卒[6]、秣馬厲兵而已[7]。會有奏事官自京師還，祿山詐為敕書，悉召諸將示之，曰：「有密旨，令祿山將兵入朝討楊國忠。諸君宜即從軍。」眾愕然相顧，莫敢異言。

天寶十四載（755）。……安祿山統帥三道，暗中蓄謀造反，已將近十年，由於皇上待他好，想等皇上去世然後作亂。碰上楊國忠與安祿山不和，屢次說安祿山將要造反，皇上不信，楊國忠便多次找事情來激怒安祿山，想要他趕快造反來使自己取信於皇上。安祿山於是決心馬上造反，獨自和孔目官、太僕丞嚴莊，掌書記、屯田員外郎高尚，將軍阿史那承慶秘密謀劃，其餘將佐都不知道，只是對他從八月以來多次用酒食款待士卒、秣馬厲兵感到奇怪。恰巧有個奏事的官員從京師回來，安祿山就假造敕書，把將領們都召集來給他們看，說：「有密旨，命令祿山率兵入朝誅討楊國忠。諸君當立

十一月甲子，祿山發部兵及同羅、奚、契丹、室韋凡十五萬眾[8]，號二十萬，反於范陽。命范陽節度副使賈循守范陽，平盧節度副使呂知誨守平盧，別將高秀巖守大同[9]。諸將皆引兵夜發。

❶專制三道：指安祿山以范陽節度使（治所在今北京）兼平盧節度使（治所在今遼寧遼陽）、河東節度使（治所在今山西太原）。❷上：指唐玄宗李隆基。❸晏駕：皇帝死去叫「晏駕」。❹楊國忠：唐玄宗最寵愛的楊貴妃的族兄，時已任宰相。❺孔目官：節度使的重要屬官。太僕丞：太僕寺的首席屬官。掌書記：節度使手下主管文書的官員。屯田員外郎：尚書省工部屯田司的副長官。但這裏的太僕丞、屯田員外郎都是虛銜而非實職。❻饗（xiǎng）：用酒食款待。❼秣（mò）：餵養。❽同羅：突厥之一部，在今蒙古境內。奚、契丹、室韋：皆東北少數民族。奚在今河北承德一帶。契丹在今內蒙古通遼、吉林通榆一帶。室韋在契丹以北，包括今內蒙古、黑龍江到俄羅斯境內。❾大同：今山西大同。

即出發。」大家驚訝地相互對望，沒人敢說不贊同的話。十一月甲子（初九日），安祿山發動所部兵馬和同羅、奚、契丹、室韋等部一共十五萬，號稱二十萬，在范陽反叛。命令范陽節度副使賈循守范陽，平盧節度副使呂知晦守平盧，另一將領高秀巖守大同。其餘將領全都領兵連夜出發。

詰朝，祿山出薊城南[1]，大閱誓眾，以討楊國忠為名，榜軍中曰：「有異議扇動軍人者[2]，斬及三族[3]！」於是引兵而南。祿山乘鐵轝，步騎精鋭，煙塵千里，鼓譟震地。時海內久承平，百姓累世不識兵革，猝聞范陽兵起，遠近震駭。河北皆祿山統內[4]，所過州、縣，望風瓦解，守令或開門出迎，或棄城竄匿，或為所擒戮，無敢拒之者。祿山先遣將軍何千年、高邈將奚騎二十，聲言獻射生手[5]，乘驛詣太原。乙丑，北京副留守楊光翽出迎[6]，因劫之以去。太原具言其狀。東受降城亦奏祿山反[7]。上猶以為

第二天早上，安祿山出薊城南門，大規模閱兵誓師，以誅討楊國忠為名，在軍中佈告道：「如有異議煽動軍人者，連三族一起處斬！」於是引兵向南開拔。安祿山乘着鐵車，步兵騎兵都顯得很精鋭，所過之處揚起的煙塵綿延千里，戰鼓聲吶喊聲震撼大地。當時海內太平日久，百姓好幾代沒見過打仗，忽然聽説范陽起兵，遠近都震驚恐懼。河北在安祿山統轄範圍之內，叛軍所過州、縣都望風瓦解，郡守、縣令有的開城出迎，有的棄城逃藏，有的被擒獲殺死，沒有敢抗拒的。安祿山先派將軍何千年、高邈率領奚族騎兵二十人，聲稱向皇上進獻善射的勇士，乘驛馬來到太原。乙丑（初十日），北京副留

惡祿山者詐為之，未之信也。

庚午，上聞祿山定反，乃召宰相謀之。楊國忠揚揚有德色，曰：「今反者獨祿山耳，將士皆不欲也。不過旬日，必傳首詣行在⑧。」上以為然，大臣相顧失色。上遣特進畢思琛詣東京⑨，金吾將軍程千里詣河東⑩，各簡募數萬人，

❶薊（jì）城：薊州城，在今天津薊縣。❷榜（bǎng）：發佈佈告。扇：通「煽」。❸三族：指父族、母族、妻族。❹河北：指河北道，唐分全國十五道中之一，包括太行山以東、舊黃河以北廣大地區，范陽、平盧兩節度使管區都在河北道境內。❺射生手：善射的武士。❻北京：唐代以太原為北京。翽：音 huì。❼東受降城：在今內蒙古和林格爾西。❽行在：皇帝所在之處。❾特進：正二品的高級文散官，凡散官都無實職，僅是虛銜。❿金吾將軍：主管京城治安的金吾衛的長官叫金吾衛大將軍，以下有將軍。

守楊光翽出迎，何千年等乘機把他劫走。太原向朝廷詳細報告了這一情況。東受降城也奏報安祿山造反。皇上還以為是厭惡安祿山的人假報，因此並不相信。

庚午（十五日），皇上得知安祿山真反了，就召集宰相商議。楊國忠得意洋洋，說：「如今造反的只是安祿山一人，將士都不願意。用不着十天，安祿山的腦袋必定送到陛下所在之處。」皇上也以為是這樣，大臣們相互看着，面無人色。皇上派特進畢思琛前往東京，金吾將軍程千里前往河東，各自招募選拔幾萬人，

隨便團結以拒之①。辛未，安西節度使封常清入朝②，上問以討賊方略，常清大言曰：「今太平積久，故人望風憚賊。然事有逆順，勢有奇變，臣請走馬詣東京，開府庫③，募驍勇，挑馬棰渡河④，計日取逆胡之首獻闕下⑤！」上悅。壬申，以常清為范陽、平盧節度使。常清即日乘驛詣東京募兵，旬日得六萬人；乃斷河陽橋⑥，為守禦之備。……

十二月……祿山聲勢益張，以其將田承嗣、安志忠、張孝忠為前鋒。封常清所募兵皆白徒⑦，未更訓練，屯武牢以

就便集結起來抵禦叛軍。辛未（十六日），安西節度使封常清入朝，皇上詢問他討賊的方略，封常清大言道：「現在太平日久，所以人們聽到點風聲便害怕賊軍來臨。但是事情有個順逆，用兵也有奇變，臣請快馬趕到東京，打開府庫，招募驍勇，揮鞭渡過黃河，斬取逆胡首級獻到闕下將指日可待！」皇上很高興。壬申（十七日），任命封常清為范陽、平盧節度使。封常清當天乘了驛馬趕到東京募兵，十天招得六萬人。截斷了河陽橋，作防禦準備。……

十二月……安祿山聲勢越發浩大，派他的將領田承嗣、安志忠、張孝忠為前

拒賊[8]；賊以鐵騎蹂之，官軍大敗。常清收餘眾，戰於葵園[9]，又敗；戰上東門內[10]，又敗。丁酉，祿山陷東京，賊鼓譟自四門入，縱兵殺掠。常清戰於都亭驛[11]，又敗；退守宣仁門[12]，又敗；乃自苑西壞城西走[13]。……

❶ 隨便：根據情況方便辦。團結：結集。❷ 安西節度使：治所在今新疆庫車。❸ 開府庫：指取用府庫裏的財物。❹ 馬棰（chuí）：馬鞭。❺ 計日：計算時日，指時間不長。❻ 河陽橋：河陽，今河南孟州，這裏架在黃河上的橋叫河陽橋。❼ 白徒：指沒有作戰經驗的百姓。❽ 武牢：今河南滎陽西。❾ 葵園：今河南洛陽東。❿ 上東門：洛陽的東城門。⓫ 都亭驛：洛陽城裏的驛。⓬ 宣仁門：洛陽宮城東邊東城的東門。⓭ 苑：洛陽的苑在城西，有牆。

鋒。封常清招募的兵都是缺乏作戰經驗的百姓，又沒有受過訓練，駐屯在武牢以抵禦賊軍。賊軍用鐵騎衝鋒踐踏，官軍大敗。封常清收集殘餘，在葵園拒戰，又戰敗；再在上東門內拒戰，又戰敗。丁酉（十二日），安祿山攻陷東京，賊軍鼓譟着從四城門衝進來，放縱士兵殺人搶劫。封常清在都亭驛拒戰，又戰敗；退守宣仁門，又戰敗。於是從禁苑西面打開城牆向西撤退。……

封常清帥餘眾至陝[1]，陝郡太守竇廷芝已奔河東，吏民皆散。常清謂高仙芝曰[2]：「常清連日血戰，賊鋒不可當。且潼關無兵，若賊豕突入關[3]，則長安危矣。陝不可守，不如引兵先據潼關以拒之。」仙芝乃帥兵西趣潼關。賊尋至，官軍狼狽走，無復部伍，士馬相騰踐，死者甚眾。至潼關，修完守備，賊至，不得入而去。祿山使其將崔乾祐屯陝。……是時，朝廷徵兵諸道，皆未至，關中恟懼[4]。會祿山方謀稱帝，留東京不進，故朝廷得為之備，兵亦稍集。……

封常清率領餘眾退到陝郡，陝郡太守竇廷芝已出奔河東，官吏、百姓統統逃散。封常清對高仙芝說：「常清連日血戰，賊軍兵鋒無法抵擋，而且潼關沒有軍隊，若賊軍衝進關來，長安就危險了。陝郡沒有條件守禦，不如引兵先據守潼關來抵禦賊軍。」高仙芝就領兵西赴潼關。賊軍很快來到，官軍狼狽撤走，建制都亂了，士兵戰馬互相騰越踐踏，死者不少。到達潼關，修繕城防，賊軍來到，無法進關，只好離去。安祿山派他的將領崔乾祐在陝郡駐紮。……這時朝廷向各道徵調兵馬，都還沒有到，關中慌亂喧擾。幸好安祿山正打算做皇帝，留在東京不再前進，因而朝廷有時間作準備，救兵也漸

河西、隴右節度使哥舒翰病廢在家⑤，上借其威名，且素與祿山不協，召見，拜兵馬副元帥，將兵八萬以討祿山；仍敕天下四面進兵，會攻洛陽。翰以病固辭，上不許，以田良丘為御史中丞充行軍司馬⑥，起居郎蕭昕為判官⑦，蕃將火拔歸仁等各將部落以從，並仙芝舊卒，號二十萬，軍於潼關。翰病，不能治事，悉以軍政委田良丘；

❶陝：陝郡，即陝州，治所在今河南三門峽。❷高仙芝：原任安西節度使，後調任右金吾大將軍，這時為副元帥率兵進駐陝郡抵禦叛軍。❸豕突：像野豬那樣亂竄亂闖。❹恟（xiōng）：同「洶」，喧擾。❺河西、隴右節度使：河西節度使治所在今甘肅武威，隴右節度使治所在今青海樂都。❻行軍司馬：軍中大將的主要輔佐。❼起居郎：記錄皇帝詔令的官員。昕：音 xīn。

齊集。……

河西、隴右節度使哥舒翰有病離職在家，皇上想借他的威名，而且考慮他一向與安祿山不和，就召見他，任命他為兵馬副元帥，統兵八萬討伐安祿山。並且敕令各地四面進軍，會攻洛陽。哥舒翰以有病為理由堅決推辭，皇上不許，派田良丘為御史中丞做他的行軍司馬，起居郎蕭昕做他的判官，蕃族將領火拔歸仁等各自率領部落從軍，加上高仙芝原有的士卒，號稱二十萬，到潼關駐紮。哥舒翰有病，不能處理軍務，把所有軍政都交田良丘處理；

良丘復不敢專決，使王思禮主騎，李承光主步，二人爭長，無所統一。翰用法嚴而不恤，士卒皆懈弛無鬥志。……

至德元載……六月，……有告崔乾祐在陝，兵不滿四千，皆羸弱無備，上遣使趣哥舒翰進兵復陝、洛。翰奏曰：「祿山久習用兵，今始為逆，豈肯無備！是必羸師以誘我，若往，正墮其計中。且賊遠來，利在速戰；官軍據險以扼之，利在堅守。況賊殘虐失眾，兵勢日蹙，將有內變；因而乘之，可不戰擒也。要在成功，何必務速！今諸道徵兵尚多

田良丘又不敢專斷，就派王思禮主管騎兵，李承光主管步兵，二人競爭互不服氣，軍令無法統一。哥舒翰執法嚴而不體恤，士兵們都鬆懈而缺乏鬥志。……

至德元年……六月，……有人報告說崔乾祐在陝州，兵不滿四千，都是老弱，且沒有防備，皇上派使者催促哥舒翰進兵收復陝州、洛陽。哥舒翰上奏道：「安祿山一向慣於用兵，如今才開始叛亂，怎會不做防備！這一定是把軍隊故意裝得疲弱來引誘我們，如果前往，正中他的詭計。而且賊軍遠道而來，利於速戰。官軍佔據險要來扼制他們，利於堅守。何況賊軍殘虐，失去民心，兵勢日見不振，

未集，請且待之。」郭子儀、李光弼亦上言①：「請引兵北取范陽，覆其巢穴，質賊黨妻子以招之②，賊必內潰。潼關大軍，唯應固守以弊之，不可輕出。」國忠疑翰謀己，言於上，以賊方無備，而翰逗留，將失機會。上以為然，續遣中使趣之，項背相望③。翰不得已，撫膺慟哭④；丙戌，引兵出關。

❶ 郭子儀、李光弼：都是平定安史之亂的名將。郭子儀時任朔方節度使，李光弼時任河東節度使、河北節度使，正出兵進攻安祿山的後方。 ❷ 質：抵押。 ❸ 項背相望：後去者可以見到先去者的背影，去的人接連不斷的意思。 ❹ 膺（yīng）：胸。慟（tòng）：痛哭。

內部將發生變亂，到那時乘機收拾，可以不戰而擒。只要成功就好，何必務求快速！現在各道徵集的兵馬還多數沒有齊集，請暫且等待一下。」郭子儀、李光弼也上奏說：「請讓我們領兵北取范陽，傾覆賊黨的巢穴，扣留賊黨的妻兒作為人質以招降他們，賊黨必然內部瓦解。潼關大軍，只應固守使賊軍疲憊，不可輕易出戰。」楊國忠懷疑哥舒翰要收拾他，對皇上進言，認為賊軍正無防備，而哥舒翰逗留不進，將失掉機會。皇上認為講得對，不停派中使去催促，在路上的中使多得一個接一個。哥舒翰不得已，捶胸痛哭。丙戌（四日），領兵出潼關。

己丑，遇崔乾祐之軍於靈寶西原①。乾祐據險以待之，南薄山，北阻河，隘道七十里。庚寅，官軍與乾祐會戰。乾祐伏兵於險，翰與田良丘浮舟中流以觀軍勢，見乾祐兵少，趣諸軍使進。王思禮等將精兵五萬居前，龐忠等將餘兵十萬繼之，翰以兵三萬登河北阜望之，鳴鼓以助其勢。乾祐所出兵不過萬人，什什伍伍，散如列星，或疏或密，或前或卻，官軍望而笑之。乾祐嚴精兵陳於其後。兵既交，賊偃旗如欲遁者②，官軍懈，不為備。須臾，伏兵發，賊乘高下木石，擊殺士卒甚

己丑（七日），和崔乾祐軍相遇在靈寶。崔乾祐佔據險要以等待官軍，南靠山，北有黃河阻隔，中是七十里的狹路。庚寅（初八日），官軍和崔乾祐軍會戰。崔乾祐把精兵埋伏在險要的地方，哥舒翰和田良丘乘船到黃河中流觀察兵勢，看到崔乾祐兵少，就催促各軍向前。王思禮等率領精兵五萬當先，龐忠等率領餘兵十萬跟上，哥舒翰帶兵三萬登上黃河北岸高地觀戰，擂鼓以振軍威。崔乾祐帶出的兵不超過一萬，十個五個一羣，分散得就像天上的星星，或疏或密，或前或後，官軍望見都發笑。而崔乾祐部署的精兵在後面列陣。雙方一接觸，賊軍就放倒旗幟，好像要逃跑的樣子，官軍鬆懈起來，不再防

眾。道隘，士卒如束，槍槊不得用。翰以氈車駕馬為前驅③，欲以衝賊。日過中，東風暴急，乾祐以草車數十乘塞氈車之前，縱火焚之。煙焰所被，官軍不能開目，妄自相殺，謂賊在煙中，聚弓弩而射之。日暮，矢盡，乃知無賊。乾祐遣同羅精騎自南山過，出官軍之後擊之，官軍首尾駭亂，不知所備，於是大敗。或棄甲竄匿山谷，或相擠排入河溺死，囂聲振天地，賊乘勝蹙之。

❶ 靈寶：今河南靈寶。❷ 偃（yǎn）：倒下，放倒。❸ 氈（zhān）：毛氈。

備。一會兒伏兵齊起，居高臨下拋擲樹木石塊，打死了很多官軍。路狹，官軍像被捆綁着似的，槍槊等長武器都無法施展。哥舒翰把覆蓋着毛氈的車子駕上馬作為前驅，想用來衝擊賊軍。這時已過了中午，東風突然颳得急，崔乾祐用幾十輛草車擋在官軍氈車之前，放起火來燒。一片濃煙烈焰，弄得官軍睜不開眼睛，互相亂殺，又説賊軍就在濃煙裏，集中了弓弩射向濃煙。到天晚，箭用完了，才知道煙裏並沒有賊兵。崔乾祐派同羅精騎越過南山，到官軍的背後發動進攻，官軍首尾駭亂，不知如何應戰，於是大敗。有的拋棄甲冑逃藏進山谷，有的互相推擠跌進河裏淹死，喧鬧聲震天地，賊軍乘勝進逼。

後軍見前軍敗，皆自潰，河北軍望之亦潰，翰獨與麾下數百騎走，自首陽山西渡河入關①。關外先為三塹，皆廣二丈，深丈，人馬墜其中，須臾而滿，餘衆踐之以度，士卒得入關者才八千餘人。辛卯，乾祐進攻潼關，克之。……

是日，翰麾下來告急，上不時召見，但譴李福德等將監牧兵赴潼關②。及暮，平安火不至③，上始懼。壬辰，召宰相謀之。楊國忠自以身領劍南④，聞安祿山反，即令副使崔圓陰具儲偫⑤，以備有急投之，至是首唱幸蜀之策⑥。上然之。癸

官軍後軍看到前軍戰敗，都自行潰逃，在河北面的官軍看到了也潰逃。哥舒翰只帶着手下幾百騎逃跑，從首陽山西渡黃河進入潼關。潼關外面原先挖有三條壕塹，都寬二丈，深一丈，敗退的人馬跌落到塹裏，不一會就填滿，餘衆就踩着越過，士卒能夠進入潼關的才八千多。辛卯（初九日），崔乾祐進攻潼關，攻了下來。……

當天，哥舒翰的部下前來告急，皇上沒有及時召見，只派李福德等人率領監牧兵開往潼關。到天黑時，沒有見到平安火，皇上這才害怕起來。壬辰（初十日），召集宰相商量。楊國忠由於自己兼領劍南節度使之職，聽到安祿山叛亂，就叫在

已，國忠集百官於朝堂，惶遽流涕⑦；問以策略，皆唯唯不對。國忠曰：「人告祿山反狀已十年，上不之信。今日之事，非宰相之過。」仗下⑧，士民驚擾奔走，不知所之，市里蕭條⑨。國忠使韓、虢入宮⑩，勸上入蜀。

甲午，百官朝者什無一二。

❶首陽山：當是首山，在今山西永濟南。❷監牧兵：國家養馬場的兵。❸平安火：唐代在各防守點大約相距三十里之間每天初夜要放一炬煙火，叫平安火。時守兵潰散，已無人舉火。❹劍南：劍南節度使，治所在今四川成都。❺偫（zhì）：儲備。❻幸：皇帝駕臨。❼惶遽（jù）：驚慌，惶恐。❽仗下：唐代皇帝上朝，左右三衛立仗侍朝。仗下，指罷朝時立仗者皆退下，也就是罷朝的意思。❾市：唐長安城內有東市、西市。里：唐長安、洛陽等都在城裏劃分若干坊，也叫「里」，是住宅區。❿韓、虢（guó）：指韓國夫人和虢國夫人，都是楊貴妃的姐姐，皆為玄宗所寵愛，很有權勢。

成都任上的副使崔圓暗中積儲物資，以備有危難時去投奔。這時他首先提出皇上幸蜀的方案。皇上同意了。癸巳（十一日），楊國忠在朝堂召集百官，都驚慌流淚；問他們有何辦法，都唯唯諾諾回答不上。楊國忠說：「人們報告安祿山的反狀已有十年之久，皇上不相信。今天出現這種事，不是我宰相的過錯。」罷朝後，士民驚擾奔走，不知去哪裏，坊市蕭條。楊國忠指使韓國夫人和虢國夫人入宮，勸說皇上入蜀。

甲午（十二日），百官上朝者不到十之一二。

上御勤政樓[1]，下制云欲親征，聞者皆莫之信。……

是日，上移仗北內[2]。既夕，命龍武大將軍陳玄禮整比六軍[3]，厚賜錢帛，選閑廄馬九百餘匹[4]，外人皆莫之知。乙未黎明，上獨與貴妃姐妹、皇子、妃、主、皇孫、楊國忠、韋見素、魏方進、陳玄禮及親近宦官、宮人出延秋門[5]，妃、主、皇孫之在外者，皆委之而去。……

丙申，至馬嵬驛[6]，將士飢疲，皆憤怒。陳玄禮以禍由楊國忠，欲誅之，因

皇上登上勤政樓，下詔制說要親自出征，聽到的人都不相信。……

當天，皇上移駕到北內。到晚上，命令龍武大將軍陳玄禮整頓六軍，厚賜錢帛，挑選閑廄馬九百多匹，外邊的人都不知道。乙未（十三日）黎明，皇上隻身與楊貴妃姐妹、皇子、妃嬪、公主、皇孫，楊國忠、韋見素、魏方進、陳玄禮以及親近宦官、宮人出延秋門，妃嬪、公主、皇孫在外邊的，都棄置不顧而去。……

丙申（十四日），到達馬嵬驛，將士飢餓疲乏，都很憤怒。陳玄禮因為禍亂是由楊國忠引起的，想要殺掉他，便通過

東宮宦者李輔國以告太子⑦，太子未決。會吐蕃使者二十餘人遮國忠馬⑧，訴以無食，國忠未及對，軍士呼曰：「國忠與胡虜謀反！」或射之，中鞍。國忠走至西門內，軍士追殺之，屠割支體，以槍揭其首於驛門外，并殺其子戶部侍郎暄及韓國、秦國夫人⑨。

❶ 勤政樓：在唐興慶宮內，興慶宮在長安城南部。叫「南內」。❷ 北內：即大明宮，很早就代替大內（後叫「太極宮」）成為皇帝居住之所，因為在長安城東北，所以叫「北內」，而大內叫「西內」。❸ 龍武大將軍：當時禁軍有左右龍武軍和左右羽林軍，尤以龍武軍為重要，龍武軍大將軍是其長官。六軍：如上所說當時禁軍僅四軍，但向來習慣說「天子六軍」，這「六軍」是習慣用語。❹ 閑廄：當時皇帝養馬之處叫「閑廄」。❺ 韋見素：當時任宰相。魏方進：御史大夫（御史台長官）兼置頓使，置頓使是負責玄宗幸蜀時路上供應事務的臨時差使。延秋門：禁苑的西門。❻ 馬嵬（wéi）驛：在今陝西興平西。❼ 太子：李亨，即不久投奔朔方軍即位為皇帝的唐肅宗。❽ 吐蕃：在今青海、西藏的少數民族，在唐代前期很強大。❾ 戶部侍郎：尚書省戶部的副長官。秦國夫人：也是楊貴妃的姐姐，與韓國夫人、虢國夫人齊名。

東宮宦官李輔國去告訴太子，太子猶豫不決。恰巧這時有吐蕃使者二十多人攔在楊國忠馬前，訴說沒有東西吃，楊國忠尚未來得及回答，士兵呼喊道：「楊國忠和胡虜通謀造反！」有人用箭射他，射中馬鞍。楊國忠跑到西門裏，被士兵追上殺死，屠割他的肢體，用槍把他的頭挑在驛門外，同時殺死了他的兒子戶部侍郎楊暄和韓國夫人、秦國夫人。

御史大夫魏方進曰：「汝曹何敢害宰相！」眾又殺之。韋見素聞亂而出，為亂兵所檛①，腦血流地。眾曰：「勿傷韋相公。」救之得免。軍士圍驛，上聞諠譁，問外何事，左右以國忠反對。上杖屨出驛門②，慰勞軍士，令收隊，軍士不應。上使高力士問之③，玄禮對曰：「國忠謀反，貴妃不宜供奉，願陛下割恩正法。」上曰：「朕當自處之。」入門，倚杖傾首而立。久之，京兆司錄韋諤前言曰④：「今眾怒難犯，安危在晷刻⑤，願陛下速決！」因叩頭流血。上曰：「貴妃常居深宮，安知國忠反謀？」高力士

御史大夫魏方進說：「你們怎敢殺害宰相！」大家又把他殺死。韋見素聽到發生動亂走出來，也被亂兵打了，腦袋上的血流了一地。大家說：「不要傷害韋相公。」把他救下來才沒被殺死。士兵們圍住驛館，皇上聽到吵鬧，問外面發生了甚麼事，左右回答他說是楊國忠謀反。皇上拄着杖穿上鞋走出驛門，慰問士兵，命令他們收隊，士兵們不理會。皇上叫高力士去問他們，陳玄禮答道：「楊國忠謀反，貴妃不宜再侍奉陛下，請陛下割斷恩愛將她正法。」皇上說：「朕當自行處理。」進入驛門，倚杖低頭站立着。過了好一會，京兆司錄韋諤上前說：「如今眾怒難犯，安危就在頃刻，希望陛下快做決

曰：「貴妃誠無罪，然將士已殺國忠，而貴妃在陛下左右，豈敢自安！願陛下審思之，將士安則陛下安矣。」上乃命力士引貴妃於佛堂，縊殺之⑥。輿屍置驛庭，召玄禮等入視之。玄禮等乃免冑釋甲⑦，頓首請罪，上慰勞之，令曉諭軍士。玄禮等皆呼萬歲，再拜而出。於是始整部伍為行計。……國忠妻裴柔與其幼子晞及虢國夫人、夫人子裴徽皆走，至陳倉⑧，縣令薛景仙帥吏士追捕，誅之。

❶ 檛（zhuā）：打。❷ 屨（jù）：單底鞋，也指穿鞋。❸ 高力士：唐玄宗最親信的大宦官，很有權勢。❹ 京兆司錄：京兆府的司錄參軍，是府裏的辦事人員。韋諤（è）：韋見素的兒子。❺ 晷（guǐ）：日影，古代測日影來計時的東西叫「晷」。「晷刻」就是指短時間。❻ 縊：勒死，吊死。❼ 冑（zhòu）：頭盔。❽ 陳倉：今陝西寶雞東。

斷！」接着叩頭流血。皇上說：「貴妃常年居住深宮，怎會知楊國忠的逆謀？」高力士說：「貴妃誠然無罪，但是將士已殺了楊國忠，而貴妃在陛下左右，他們怎敢自安！願陛下仔細考慮，將士安陛下也就安了。」皇上這才命令高力士把楊貴妃帶到佛堂，把她勒死。抬出屍體放在驛館的院子裏，召陳玄禮等進來看。陳玄禮等這才脫去頭盔解下鎧甲，跪着叩頭貼地向皇上請罪，皇上安慰他們，叫他們向士兵解釋，陳玄禮等都口呼「萬歲」，再拜而出。於是整頓隊伍，做前進的安排。……楊國忠妻裴柔和他的小兒子楊晞以及虢國夫人、夫人的兒子裴徽都逃跑了，跑到陳倉，縣令薛景仙帶吏卒追捕，殺掉了他們。

奇襲蔡州

——一次削平藩鎮的戰鬥

唐代中期憲宗李純是比較有能力的皇帝，許多不服從中央的節度使，都被他先後解決，削平淮西吳元濟是其中影響最大的一次戰役[1]。

本節選自《資治通鑒》卷二四〇唐紀憲宗元和十二年（817）。主要記述李愬在平定淮西戰役中的功績，其中難免有誇大之處，但也一定程度上描繪出古代軍事家智勇過人的形象。

元和十二年春正月，……李愬至唐州軍中承喪敗之餘②，士卒皆憚戰。愬知之。有出迓者③，愬謂之曰：「天子知愬柔懦，能忍恥，故使來拊循爾曹④。至於戰攻進取，非吾事也。」眾信而安之。

愬親行視士卒，傷病者存恤之，不事威嚴。或以軍政不肅為言，愬曰：「吾非不知也。袁尚書專以恩惠懷賊⑤，

❶吳元濟：節度使吳少陽之子，少陽死後不經任命自立，和中央對抗。❷李愬：當時新任唐、隨、鄧三州的節度使。唐州：治所在今河南泌陽，當時唐、隨、鄧三州節度使的治所。喪敗之餘：元和十年（815）以來討伐蔡州的官軍屢屢失利。❸迓（yà）：迎接。❹拊（fǔ）循：撫慰。❺袁尚書：袁滋，原為尚書右丞，元和十一年七月被任命為彰義節度，申、光、蔡、唐、隨、鄧諸州觀察使，主持討伐吳元濟的軍事。所謂「專以恩惠懷賊」，是指袁滋撤去對吳元濟方面的偵察、巡邏，禁止官軍侵入吳的管區，吳出兵打他，他又卑辭請和。

元和十二年（817）春正月，……李愬到達唐州。當地的部隊正多次作戰失敗，士卒都害怕打仗。李愬了解到這一點。有出來迎接的人，李愬對他們說：「天子知道李愬柔懦，能忍受戰敗之恥，所以叫我來安撫你們。至於攻戰進取，不是我的事。」大家相信了，安下心來。

李愬親自巡行看望士兵，遇到傷病者則加以慰問撫恤，不講究長官的威嚴。有人認為軍政不整齊而提出意見，李愬說：「我並非不知。過去袁尚書專以恩惠來博取賊軍好感，

賊易之，聞吾至，必增備。吾故示之以不肅，彼必以吾為懦而懈惰，然後可圖也。」淮西人自以嘗敗高、袁二帥①，輕愬名位素微，遂不為備。……

二月，……李愬謀襲蔡州②，表請益兵，詔以昭義、河中、鄜坊步騎二千給之③。丁酉，愬遣十將馬少良將十餘騎巡邏④，遇吳元濟捉生虞候丁士良⑤，與戰，擒之。士良，元濟驍將，常為東邊患⑥，眾請刳其心⑦，愬許之。既而召詰之，士良無懼色。愬曰：「真丈夫也！」命釋其縛。士良乃自言：「本非淮西士，

使賊軍不把他當一回事，聽說我來了，必然會加強防範。我故意做得不整肅讓他們看，他們一定以為我懦弱而鬆懈下來，然後才可以想辦法解決他們。」淮西人自以為曾經打敗過高、袁二帥，對過去名位低微的李愬不重視，因而不再有所防範。……

二月，……李愬計畫襲取蔡州，上表請求增派兵馬，皇上下詔從昭義、河中、鄜坊抽調二千步騎給他。丁酉(初七日)，李愬派十將馬少良率領十多名騎兵巡邏，碰上吳元濟的捉生虞候丁士良，打起來，把丁士良擒獲。丁士良是吳元濟的勇將，常給唐、鄧東境造成麻煩。兵眾要求挖

貞元中隸安州[8]，與吳氏戰[9]，為其所擒，自分死矣[10]，吳氏釋我而用之，我因吳氏而再生，故為吳氏父子竭力。昨日力屈，復為公所擒，亦分死矣，今公又生之，請盡死以報德。」愬乃給其衣服器械，署為捉生將[11]。……

他的心，李愬答應了。過一會召他來責問，丁士良毫不畏懼。李愬說：「真是大丈夫啊！」叫人給他鬆綁。丁士良才自己表白道：「本來不是淮西軍人，貞元年間編入安州軍籍，與吳氏作戰，被他們俘獲，自己料想會死，吳氏卻釋放我並加以任用，我因吳氏而得到再生，所以給吳氏父子盡力。昨天力屈，又為公所擒獲，也料想會死，如今公又使我活下來，願出死力來報答公的恩德。」李愬就給他衣服器械，任命為捉生將。……

❶ 淮西：淮南西道的淮西節度使管區，淮西節度使曾改名為申、光、蔡節度使，這時叫「彰義節度使」。高：指高霞寓，元和十年十月，被任命為唐、隨、鄧三州節度使，負責與吳元濟作戰，多次戰敗，被撤職，以袁滋繼任。❷ 蔡州：淮西節度使治所，在今河南汝南。❸ 昭義：昭義節度使，治所在今山西長治。河中：河中節度使，治所在今山西蒲州。鄜（fū）坊：鄜坊節度使，治所在今陝西富縣。❹ 十將：軍中下級軍官名稱。❺ 捉生虞候：虞候是節度使下屬的重要武官，「捉生」是捕捉俘虜的意思，但捉生虞候未必專門幹這項工作，僅是一種武官的名稱而已。❻ 東邊：唐、鄧二州的東邊，和淮西節度使管區相鄰。❼ 剳（kū）：剖開，挖出。❽ 貞元：唐德宗年號，共二十一年（785—805）。安州：治所在今湖北安陸。❾ 吳氏：指吳少陽。❿ 自分（fèn）：自己料想。⓫ 捉生將：捉生，在前面「捉生虞候」條下已作了解釋，「捉生將」也是當時這類武官的名稱。

丁士良言於李愬曰：「吳秀琳擁三千之眾，據文城柵①，為賊左臂，官軍不敢近者，有陳光洽為之謀主也②。光洽勇而輕③，好自出戰，請為公先擒光洽，則秀琳自降矣。」戊申，士良擒光洽以歸。……

三月，……吳秀琳以文城柵降于李愬。戊子，愬引兵至文城西五里，遣唐州刺史李進誠將甲士八千至城下召秀琳，城中矢石如雨，眾不得前。進誠還報：「賊偽降，未可信也。」愬曰：「此待我至耳！」既前至城下，秀琳束兵投身

丁士良對李愬說：「吳秀琳擁有三千人馬，據守文城柵，是賊軍的左臂，官軍之所以不敢進攻，是因為有個陳光洽充當他的謀主。陳光洽勇而輕率，喜歡親自出戰，願為公先擒獲了陳光洽，吳秀琳自然會投降。」戊申（十八日），丁士良把陳光洽捉了回來。……

三月，……吳秀琳要獻出文城柵向李愬投降。戊子（二十八日），李愬領兵到達文城西邊五里以外，派唐州刺史李進誠帶上甲士七八千人到城下招降吳秀琳，城上箭和石塊雨一般地打下來，兵眾無法向前。李進誠回來報告說：「賊軍假投降，不可信。」李愬說：「這是一定要等我前去囉！」到了城下，吳秀琳收起兵器

馬足下，愬撫其背慰勞之，降其眾三千人。秀琳將李憲有材勇，愬更其名曰忠義而用之。悉遷婦女於唐州。於是唐、鄧軍氣復振④，人有欲戰之志。賊中降者相繼於道，隨其所便而置之。聞有父母者，給粟帛遣之，曰：「汝曹皆王人，勿棄親戚。」眾皆感泣。……

五月，……愬厚待吳秀琳，與之謀取蔡。秀琳曰：「公欲取蔡，非李祐不可，秀琳無能為也。」祐者，淮西騎將，

❶文城柵：在蔡州西南。❷謀主：主要的出謀劃策者。❸輕：輕率，輕敵。❹鄧：鄧州，治所在今河南鄧州。

拜倒在李愬的馬腳下，李愬撫着他的背慰問，收降了他的三千兵眾。吳秀琳部將李憲勇敢能打仗，李愬給他改名「忠義」並加以任用。又把文城柵裏的婦女都遷到唐州。於是唐、鄧軍的士氣重新振作，人人有了求戰之心。賊軍來投降的人，一路上絡繹不絕，都就便給予安置。知道有父母的，就發給粟帛遣送回家，說：「你們都是皇帝的百姓，不要拋棄親屬。」這些人都感動得流淚。……

五月，……李愬厚待吳秀琳，和他謀劃攻取蔡州。吳秀琳說：「公要攻取蔡州，非得到李祐不可，秀琳是無能為力的。」李祐，是淮西的騎兵將領，

有勇略，守興橋柵[1]，常陵暴官軍。庚辰，祐率士卒刈麥於張柴村[2]，愬召廂虞候史用誠[3]，戒之曰：「爾以三百騎伏彼林中，又使人搖幟於前，若將焚其麥積者。祐素易官軍，必輕騎來逐之。爾乃發騎掩之，必擒之。」用誠如言而往，生擒祐以歸。將士以祐纍日多殺官軍，爭請殺之；愬不許，釋縛，待以客禮。

時愬欲襲蔡，而更密其謀，獨召祐及李忠義屏人語[4]，或至夜分，他人莫得預聞。諸將恐祐為變，多諫愬；愬待祐益厚，士卒亦不悅，諸軍日有牒稱祐為

有勇有謀，駐守在興橋柵，常常侵害官軍。庚辰（二十日），李祐率領士卒在張柴村收割麥子，李愬把廂虞候史用誠叫來，告誡他：「你帶三百名騎兵埋伏到他們那邊的樹林裏，再派人到他們面前去揮舞旗幟，做出要放火燒他們麥堆的樣子。李祐一向輕視官軍，必然輕騎來驅趕。你就叫埋伏的騎兵出來掩襲，定能把他擒獲。」史用誠按照李愬說的前去，把李祐活捉回來。將士們因為李祐過去殺死過很多官兵，爭相要求殺掉他。李愬不允許，給他鬆綁，用待客禮節對待他。

這時李愬想要襲取蔡州而愈加注意保密，只是找來李祐和李忠義，叫旁人避

賊內應，且言得賊諜者具言其事。愬恐謗先達於上，已不及救，乃持祐泣曰：「豈天不欲平此賊邪！何吾二人相知之深而不能勝眾口也。」因謂眾曰：「諸君既以祐為疑，請令歸死於天子。」乃械祐送京師，先密表其狀，且曰：「若殺祐，則無以成功。」詔釋之，以還愬。

❶ 興橋柵：在今河南上蔡南。❷ 刈（yì）：割。張柴村：在今河南遂平東。❸ 廂虞候：當時節度使的兵常分左廂、右廂等，這是廂的虞候。❹ 屏（bǐng）：也作「摒」，摒退，叫人避開。

開才商量，有時甚至到半夜，其他人都不能聽。將領們恐怕李祐會叛變，多勸李愬不要這樣，李愬卻對李祐越發親密，弄得士卒不高興，各軍每天都有公文來說李祐給賊軍當內應，還說是抓來的賊軍間諜親口說的。李愬怕這些流言蜚語先傳到皇上那裏，自己來不及救護，於是拉着李祐哭道：「難道上天不想平定吳賊嗎？為何我們兩人相知之深，卻敵不過眾人之口。」因而對大家說：「諸君既然對李祐有懷疑，那就把他送到天子那裏處置。」就給李祐帶上刑具送往京師，事先秘密上表說明情況，並且說：「如果殺了李祐，就無從成功。」皇上下詔釋放李祐，把他送還李愬。

愬見之喜，執其手曰：「爾之得全，社稷之靈也！」乃署散兵馬使①，令佩刀巡警，出入帳中，或與之同宿，密語不寐達曙。有竊聽於帳外者，但聞祐感泣聲。時唐、隨牙隊三千人②，號「六院兵馬」，皆山南東道之精銳也③，愬又以祐為六院兵馬使。……

乙酉，愬遣兵攻朗山④，淮西兵救之，官軍不利；眾皆悵恨，愬獨歡然曰：「此吾計也。」乃募敢死士三千人，號曰「突將」，朝夕自教習之，使常為行備，欲以襲蔡。會久雨，所在積水⑤，

李愬和他相見十分高興，拉着他的手說：「你能保全下來，真是社稷有靈啊！」於是任命他為散兵馬使，叫他佩刀巡邏警衛，在自己的營帳中出入。有時和他同宿，親密交談通宵不睡。有人在帳篷外面偷聽，只聽到李祐感動哭泣的聲音。當時唐、隨的牙隊有三千人，號稱「六院兵馬」，都是山南東道的精銳，李愬又派李祐充當六院兵馬使。……

乙酉（二十五日），李愬派兵攻打朗山，淮西兵馬前往援救，官軍失利。大家都很不痛快，李愬卻高興地說：「這是我的計策。」於是招募敢死隊士兵三千人，稱之為「突將」，從早到晚親自去指點訓

未果。……

九月……甲寅，李愬將攻吳房⑥，諸將曰：「今日往亡⑦。」愬曰：「吾兵少，不足戰，宜出其不意。彼以往亡不吾虞，正可擊也。」遂往，克其外城，斬首千餘級。餘眾保子城⑧，不敢出，愬引兵還以誘之，淮西將孫獻忠果以驍騎五百追擊其背。

❶散兵馬使：兵馬使是節度使手下最有實權的統兵大將，散兵馬使是署上兵馬使的官銜，但未能直接掌管部隊。❷隨：隨州，治所在今湖北隨州。牙隊：節度使直接掌握的精鋭衞隊，也叫「牙兵」。❸山南東道：唐代十五道之一。唐、隨等州都屬山南東道。❹朗山：今河南確山。❺所在：處處。❻吳房：今河南遂平。❼往亡：舊時的迷信説法，説農曆八月的白露以後第十八日為「往亡」，九月的寒露以後第二十七日為「往亡」，往亡日不宜出征、遠行。❽子城：內城。

練，讓他們經常做好行動的準備，要用來襲取蔡州。正好碰上連天有雨，到處積水，未能出動。……

九月……甲寅（二十八日），李愬要去進攻吳房，將領們說：「今天是往亡日。」李愬說：「我們兵少，不足以作戰，應當出其不意。他們因為往亡日而不防備我們，正可以去攻打。」於是前往，攻克吳房外城，斬首一千多人。餘下的賊軍退保子城不敢出來，李愬引兵撤退以誘敵，淮西將孫獻忠果真帶了五百驍騎追上來從後面衝擊官兵。

衆驚將走，愬下馬，據胡牀①，令曰：「敢退者斬！」返旆力戰②，獻忠死，淮西兵乃退。或勸愬乘勝攻其子城，可拔也。愬曰：「非吾計也。」引兵還營。

李祐言於李愬曰：「蔡之精兵皆在洄曲及四境拒守③，守州城者皆羸老之卒，可以乘虛直抵其城，比賊將聞之，元濟已成擒矣。」愬然之。

冬十月……辛未，李愬命馬步都虞候、隨州刺史史旻等留鎮文城④，命李祐、李忠義帥突將三千為前驅，自與監軍將三千人為中軍，命李進誠將三千人殿其

官兵受驚要逃，李愬下馬，坐在胡牀上，下令說：「敢後退者斬！」回軍力戰，孫獻忠戰死，淮西兵敗退。有人勸說李愬乘勝進攻子城，可以攻下。李愬說：「這不是我的打算。」就帶領兵馬回營。

李祐對李愬說：「蔡州精兵都在洄曲和四境拒守，守蔡州城的都是一些老弱兵卒，可以乘虛直抵州城，等外邊的賊將聽到消息，吳元濟就已經就擒了。」李愬同意他的主張。

冬十月……辛未（十五日），李愬叫馬步都虞候、隨州刺史史旻等人留下鎮守文城柵，派李祐、李忠義率領三千突

後。軍出，不知所之。愬曰：「但東行！」行六十里，夜，至張柴村，盡殺其戍卒及烽子⑤。據其柵，命士少休，食乾糒⑥，整羈靮⑦，留義成軍五百人鎮之⑧，以斷朗山救兵。命丁士良將五百人斷洄曲及諸道橋梁。復夜引兵出門。諸將請所之，愬曰：「入蔡州取吳元濟！」諸將皆失色，監軍哭曰⑨：「果落李祐姦計！」

❶ 胡牀：輕便的摺疊椅，本是西域一帶胡人所用，東漢末傳入中原，稱之為「胡牀」，後來也叫繩牀、交牀、交椅。❷ 返旆（pèi）：旆，大旗。返旆就是回軍。❸ 洄曲：在今河南漯河市郾城區，因沙水在此迴曲而得名。❹ 旻：音 mín。❺ 烽子：當時設置烽候，有警就點燃烽火，「烽子」就是守衛烽候的兵。❻ 乾糒（bèi）：乾糧。❼ 羈（jī）：馬絡。靮（dí）：韁繩。❽ 義成：義成節度使，治所在今山東曹縣。❾ 監軍：唐自玄宗以後，各節度使處所以及用兵時都派有宦官監軍。

將為前驅，自己和監軍率領三千人為中軍，叫李進誠率領三千人為後衞。軍隊出發，不知道去哪裏。李愬說：「只管往東走！」走了六十里，天黑了，到達張柴村，把戍卒和烽子全都殺了，佔據了柵寨，叫戰士稍作休息，吃點乾糧，整理好馬絡、韁繩，留下義成軍五百人鎮守，以阻擋朗山那邊的救兵。派丁士良率領五百人破壞通往洄曲和各條道路上的橋樑。再乘夜帶領部隊開出柵門。將領們請示去哪裏，李愬說：「進蔡州城擒捉吳元濟。」將領們都大驚失色。監軍哭着說：「果然中了李祐的奸計！」

時大風雪，旌旗裂，人馬凍死者相望。天陰黑，自張柴村以東道路，皆官軍所未嘗行，人人自以為必死；然畏愬，莫敢違。夜半，雪愈甚，行七十里至州城；近城有鵝鴨池，愬令擊之以混軍聲。

自吳少誠拒命，官軍不至蔡州城下三十餘年①。故蔡人不為備。壬申，四鼓，愬至城下，無一人知者。李祐、李忠義钁其城②，為坎以先登③，壯士從之。守門卒方熟寐，盡殺之，而留擊柝者④，使擊柝如故。遂開門納眾，及裏城，亦然，城中皆不之覺。雞鳴，雪止，愬入居元濟外宅。或告元濟曰：「官軍

這時颳風下大雪，旌旗被風撕裂，沿路都可看到凍死的戰士和馬匹。天又陰黑，從張柴村往東的道路都是官軍不曾走過的，人人都自以為必死無疑，但怕李愬，無人敢違抗。到了半夜，雪下得更大，行軍七十里到達蔡州城。近城處有個鵝鴨池，李愬叫人驚打鵝鴨使敵人聽不到行軍的聲音。

自從吳少誠抗拒朝廷以來，官軍不到蔡州城下已有三十多年，所以蔡州人也不作防範。壬申（十六日）四更天，李愬到達州城下，城裏沒有一人發覺。李祐、李忠義用鐵鋤在城牆上鑿出許多可以容腳的小坑坑，搶先爬上去，壯士都跟上。守衛城門的士卒還在熟睡，統統被殺掉，只

至矣！」元濟尚寢，笑曰：「俘囚為盜耳！曉當盡戮之。」又有告者曰：「城陷矣！」元濟曰：「此必洄曲子弟就吾求寒衣也。」起，聽於廷，聞愬軍號令曰：「常侍傳語⑤。」應者近萬人。元濟始懼，曰：「何等常侍，能至於此！」乃帥左右登牙城拒戰⑥。

時董重質擁精兵萬餘人據洄曲⑦，

❶ 官軍不至蔡州城下三十餘年：吳少誠在貞元二年（786）割據淮西後被任命為節度使，死後吳少陽繼位，吳少陽死後，其子吳元濟自立，到這時已三十餘年。❷ 钁（jué）：鋤，這裏指以鋤挖掘。❸ 坎：坑、洞。❹ 柝（tuò）：打更的木梆。❺ 常侍：當時李愬的官職是檢校左散騎常侍，但只是個空頭銜，實職是節度使，但在唐代節度使不算正式官職，並無品級。❻ 牙城：節度使官署也築有城圈，叫「牙城」。❼ 董重質：吳少誠的女婿，吳元濟手下大將。

留下打更的，叫他們照常敲着木梆打更。於是打開城門放大軍入城。到了裏城，也是這樣辦，城裏都沒有發覺。到雞叫時雪也止了，李愬進入吳元濟的外宅。有人向吳元濟報告說：「官軍到了！」吳元濟還沒起牀，笑着說：「這是那些被俘虜的囚徒在作亂！等天亮後要統統殺掉。」又有人報告說：「州城已被攻陷了！」吳元濟說：「這一定是駐守洄曲的子弟們來向我要求發寒衣。」他起牀，到院子裏聽外面動靜，只聽到李愬軍中號令說：「常侍傳下命令。」答應的有近萬人。吳元濟這才緊張起來，說：「是甚麼常侍，能到這裏來！」於是率領左右登上牙城拒戰。

當時董重質有一萬多精兵駐紮在洄曲，

愬曰：「元濟所望者，重質之救耳！」乃訪重質家，厚撫之，遣其子傳道持書諭重質；重質遂單騎詣愬降。

愬遣李進誠攻牙城，毀其外門，得甲庫①，取器械。癸酉，復攻之，燒其南門，民爭負薪芻助之，城上矢如蝟毛②。晡時，門壞，元濟於城上請罪，進誠梯而下之。甲戌，愬以檻車送元濟詣京師③，且告于裴度④。是日，申、光二州及諸鎮兵二萬餘人相繼來降⑤。……

董重質之去洄曲軍也，李光顏馳入

李愬說：「吳元濟所期望的，是董重質這支救兵！」就探訪董重質家，好好安撫他們，派他兒子董傳道帶着書信曉諭董重質，董重質就獨自騎馬來會見、投降於李愬。

李愬派李進誠攻打牙城，把外門打毀，佔領了甲庫，取得儲藏的器械。癸酉（十七日），再攻打，放火焚燒南門，居民搶着背負柴草來支援，射到城上的箭矢就像刺蝟毛那麼多。黃昏時，門燒壞，吳元濟在城上請罪，李進誠搭上梯子讓他下來。甲戌（十八日），李愬用檻車把吳元濟送往京師，並且向裴度報告。這天，申、光二州及其他鎮兵共兩萬多人相繼

其壁⑥，悉降其眾。庚辰，裴度遣馬總先入蔡州慰撫⑦。辛巳，度建彰義軍節⑧，將降卒萬餘人入城。李愬具櫜鞬出迎⑨，拜於路左⑩。度將避之，愬曰：「蔡人頑悖，不識上下之分⑪，數十年矣，願公因而示之，使知朝廷之尊。」度乃受之。

❶甲庫：兵器庫。❷蝟毛：刺蝟的毛。這是説射在城上的箭多得像刺蝟身上的硬毛一樣。❸檻車：囚車。❹裴度：當時是宰相兼彰義（淮西）節度使、淮西宣慰處置使，是負責討伐淮西的統帥。❺申、光二州：申州治所在今河南信陽，光州治所在今河南潢川，都屬淮西管轄。❻李光顏：當時是征討淮西的大將。❼馬總：當時是淮西宣慰副使。❽節：節度使的旌節，是節度使權威的象徵。❾櫜（gāo）：盛弓用。鞬（jiàn）：盛箭用。具櫜鞬：指全副武裝。❿路左：古人乘車貴者在左，故迎拜於車下者也都拜於路左，這裏指路邊。⓫分（fèn）：名分。

前來投降。……

董重質離開洄曲軍後，李光顏就快速進入洄曲營壘，使駐軍全部歸降。庚辰（二十四日），裴度派馬總先進蔡州慰問安撫。辛巳（二十五日），裴度建了彰義節度使的旌節，統率降卒一萬多人進入州城。李愬佩戴櫜鞬出來迎接，在路邊下拜。裴度要退避謙讓，李愬説：「蔡州人兇頑狂悖，不識上下名分已有幾十年，希望公借此做表率給他們看，讓他們知道朝廷的尊嚴。」裴度這才接受了。

李愬還軍文城，諸將請曰：「始公敗於朗山而不憂，勝於吳房而不取，冒大風甚雪而不止，孤軍深入而不懼，然卒以成功，皆眾人所不諭也，敢問其故？」愬曰：「朗山不利，則賊輕我而不為備矣。取吳房，則其眾奔蔡，併力固守，故存之以分其兵。風雪陰晦，則烽火不接，不知吾至。孤軍深入，則人皆致死，戰自倍矣。夫視遠者不顧近，慮大者不計細，若矜小勝①、恤小敗，先自撓矣②，何暇立功乎！」眾皆服。

❶ 矜（jīn）：驕傲。 ❷ 自撓（náo）：自我擾亂。

李愬率領軍隊回到文城柵，將領們向他請教道：「開始公敗於朗山而不憂慮，勝於吳房而不攻取，冒大風雪而不中止，孤軍深入而不畏懼，但終於成功，這都是大家所不能理解的，請問這究竟是甚麼緣故？」李愬說：「在朗山失利，使賊軍輕視我而不作防範。攻取吳房，則賊眾逃進蔡州，全力固守，所以得把吳房留下使賊軍分散兵力。風雪陰晦，則烽火接不上，敵人無從知道我軍到達。孤軍深入，則人人都拼死一戰，戰鬥力自然就倍增。看得遠的人不會去看近處，考慮大處的人不會計較細枝末節，如果小勝就驕傲，小敗就憂慮失措，把自己先擾亂了，怎談得上立功呢！」大家皆心服。

黃巢進京

——對大唐政權的致命一擊

維繫近三百年的大唐政權，到九世紀末已處於日薄西山、奄奄一息的境地。以黃巢為首領的農民大起義，則給唐王朝以致命的一擊。

本篇選自《資治通鑒》卷二五四唐紀僖宗廣明元年（880）。這些雖是站在農民起義敵對立場上的記載，但仍可看出封建統治者是如何腐朽無能，而農民軍則獲得京城百姓的歡迎。

廣明元年……十一月……丁卯（十七日），黃巢陷東都，留守劉允章帥百官迎謁。巢入城，勞問而已，閭里晏然①。……

乙亥（二十五日），張承範等將神策弩手發京師②。神策軍士皆長安富家子，賂宦官竄名軍籍，厚得稟賜，但華衣怒馬③，憑勢使氣，未嘗更戰陳；聞當出征，父子聚泣，多以金帛雇病坊貧人代行④，往往不能操兵。是日，上御章信門樓臨遣之。承範進言：「聞黃巢擁數十萬之眾，鼓行而西。齊克讓以飢卒萬人依

廣明元年（880）……十一月……丁卯（十七日），黃巢攻陷東都，留守劉允章率領百官迎候拜見。黃巢進城，只是慰問安撫，坊里平靜，毫無驚擾。……

乙亥（二十五日），張承範等率領神策軍弓弩手從京城出發。這時神策軍的兵士都是長安有錢人家子弟，賄賂宦官在神策軍的簿籍上掛個名，以多得給養賞賜，只會穿上漂亮服裝縱馬亂跑，仗勢耍威風，從未經歷過戰陣；聽說要出征，父子在一起哭泣，多數出金帛雇用病坊裏的窮人當替身，這些人往往連兵器都不會拿。當天，皇帝親自登上章信門的門樓看他們出發。張承範進言道：「聽說黃巢

託關外⑤，復遣臣以二千餘人屯於關上，又未聞為饋餉之計⑥，以此拒賊，臣竊寒心。願陛下趣諸道精兵早為繼援⑦。」上曰：「卿輩第行⑧，兵尋至矣！」丁丑，承範等至華州⑨。會刺史裴虔餘徙宣歙觀察使⑩，軍民皆逃入華山，城中索然，州庫唯塵埃鼠跡，賴倉中猶有米千餘斛⑪，軍士裹三日糧而行。

❶閭（lǘ）里：唐長安、洛陽等在城內都有坊，也叫里。這閭里即坊里。❷神策：神策軍，安史之亂以後建立的中央禁軍兼野戰部隊。後分左右兩軍，由宦官任左右神策中尉來統率，起初頗有戰鬥力，後來逐漸腐化。❸怒馬：策馬快跑。❹病坊：唐代長安、洛陽所設收容救濟貧病者的機構。❺齊克讓：原任汝、鄭制置都指揮使，這時率軍撤退到潼關外防守。❻饋（kuì）：供應。❼趣（cù）：趕快，催促。❽第：但，只管。❾華州：治所在今陝西華縣。❿宣歙（shè）觀察使：宣歙，今安徽宣城、歙縣地區。觀察使是和節度使同樣性質的地區軍政長官，地位比節度使略低。⓫斛（hú）：十斗為一斛。

擁有幾十萬兵馬，擂着戰鼓往西殺過來。齊克讓只帶有上萬名飢疲之卒駐屯關外，再派臣帶這二千多人駐屯關上，又未聽說有供應糧餉的準備，憑此來抵禦賊軍，臣私下感到寒心。希望陛下催促各路精兵早日前來支援。」皇上說：「卿等只管出發，援兵很快就到了！」丁丑（二十七日），張承範等人到了華州。刺史裴虔餘正在這時調任宣歙觀察使，州中軍民都逃進華山，城裏一片冷落，州庫裏只剩下灰塵和老鼠腳印，幸虧糧倉中還有一千多斛米，軍士們每人帶了三天糧食前進。

十二月，庚辰朔，承範等至潼關，搜菁中[1]，得村民百許，使運石汲水，為守禦之備；與齊克讓軍皆絕糧，士卒莫有鬥志。是日，黃巢前鋒軍抵關下，白旗滿野，不見其際，克讓與戰，賊小卻，俄而巢至，舉軍大呼，聲振河、華[2]。克讓力戰，自午至酉始解[3]，士卒飢甚，遂喧譟，燒營而潰，克讓走入關。關左有谷，平日禁人往來，以榷征稅，謂之「禁阬」。賊至倉猝，官軍忘守之，潰兵自谷而入，谷中灌木壽藤茂密如織[4]，一夕踐為坦塗。承範盡散其輜囊以給士卒，遣使上表告急，稱：「臣離京六日，甲卒

十二月庚辰朔（初一日），張承範等到達潼關，在草叢中搜出一百多名村民，叫他們運石汲水，作守禦準備。但他們和齊克讓軍一樣都已絕糧，士卒全無鬥志。當天，黃巢前鋒部隊抵達關下，白旗遍野，不見邊際，齊克讓打了一下，黃巢軍稍微後退。但很快黃巢大部隊到了，全軍吶喊，聲振河山。齊克讓奮力拒戰，從午時打到酉時，雙方才收兵。齊克讓的士卒餓得不行，喧譁吵鬧，終於燒了營寨潰退，齊克讓只好退入潼關。潼關左面有一個山谷，平時禁止人們往來，好向出入潼關的人徵稅，叫做「禁阬」。這時黃巢來得倉促，官軍忘了派人在這裏守衛，潰退士兵從這裏擁進，谷裏灌木長藤茂密如

未增一人，饋餉未聞影響。到關之日，巨寇已來，以二千餘人拒六十萬眾，外軍飢潰，蹋開禁阬⑤。臣之失守，鼎鑊甘心⑥；朝廷謀臣，愧顏何寄！或聞陛下已議西巡⑦，苟鑾輿一動⑧，則上下土崩。臣敢以猶生之軀奮冒死之語，願與近密及宰臣熟議⑨，急徵兵以救關防，則高祖、太宗之業庶幾猶可扶持，使黃巢繼安祿山之亡，微臣勝哥舒翰之死⑩！」

❶ 菁（jīng）中：草叢中。❷ 河、華：黃河、華山。❸ 自午至酉：古人把一晝夜分為十二時，日過現在的中午十二時為午時，日過現在晚上六時為酉時。❹ 壽藤：即萬年藤。❺ 蹋（tà）：踏。阬：同「坑」。❻ 鼎鑊（huò）：古時煮東西用鼎或鑊。還有一種酷刑是用鼎鑊來煮人。❼ 巡：本指皇帝出巡，給皇帝留面子而把皇帝出逃也稱「巡」。唐代皇帝出逃多西出長安到成都，所以叫「西巡」。❽ 鑾輿：皇帝的車駕。❾ 近密：和皇帝親近的人，指大宦官們，當時通稱「中貴」。❿ 哥舒翰：兵敗丟失潼關，為安祿山所俘，後被殺。

織，一晚就踐踏成大路。張承範把公家輜重和私人財物都統統分給士兵，派使者上表告急，說：「臣離京六日，沒有見到一個增援的戰士，糧餉也沒有影子，到達潼關那天，巨寇已經前來，我用這二千多人抵禦六十萬眾，關外部隊飢餓潰退，踏開禁阬。我失守潼關，受鼎鑊之刑也甘心，但朝廷上那些出謀劃策的人，將把顏面置於何處！有人說陛下已在議論西巡（逃），如果鑾輿一動，則上下土崩瓦解。臣還活着一天，就得說冒犯死罪的話，請跟中貴和宰相認真商量，趕快徵兵來防守潼關，這樣，高祖、太宗創下的基業尚可扶持維繫，使黃巢繼安祿山而亡，而微臣勝哥舒翰之死！」

辛巳，賊急攻潼關，承範悉力拒之，自寅及申[1]，關上矢盡，投石以擊之。關外有天塹，賊驅民千餘人入其中，掘土填之，須臾，即平，引兵而度。夜，縱火焚關樓俱盡。承範分兵八百人，使王師會守禁阬，比至，賊已入矣。壬午旦，賊夾攻潼關，關上兵皆潰。師會自殺，承範變服帥餘眾脱走。至野狐泉[2]，遇奉天援兵二千繼至[3]，承範曰：「汝來晚矣！」博野、鳳翔軍還至渭橋[4]，見所募新軍衣裘温鮮[5]，怒曰：「此輩何功而然，我曹反凍餒！」遂掠之，更為賊嚮導，以趣長安。……

辛巳（初二日），黃巢急攻潼關，張承範盡全力抵抗，從寅時打到申時，關上箭都用完了，就用石塊往下擲。潼關外有條自然形成的溝塹，黃巢指揮一千多百姓跳進去，挖土填塹，一會兒便填平，然後引軍越過。到夜裏，放火把關上的城樓都燒掉。張承範分兵八百命王師會去守禁阬，等他們趕到，黃巢的部隊已來了。壬午（初三日）清晨，黃巢大軍夾攻潼關，關上守兵潰散，王師會自殺，張承範易裝率領餘眾脱逃。逃到野狐泉，遇到奉天派來的二千援兵，張承範説：「你們來遲了！」博野、鳳翔兩軍撤退到渭橋，看到田令孜所招募的新軍都穿着又新又暖的皮衣，發怒道：「這些傢伙憑甚麼

甲申，……百官退朝，聞亂兵入城，布路竄匿。令孜帥神策兵五百奉帝自金光門出⑥，惟福、穆、澤、壽四王及妃嬪數人從行⑦，百官皆莫知之。上奔馳晝夜不息，從官多不能及。車駕既去，軍士及坊市民競入府庫盜金帛。

❶自寅及申：從清晨四時以後到下午四時以前。❷野狐泉：在今陝西潼關西。❸奉天：今陝西乾縣。❹博野：博野軍是原在今河北博野的地方部隊，後投歸中央。鳳翔：鳳翔軍是在今陝西鳳翔的鳳翔節度使的部隊。渭橋：在今陝西西安東側渭河上。❺新軍：長安城裏新招募的軍隊。❻金光門：長安城的西門。❼福、穆、澤、壽四王：都是唐僖宗的兄弟。

功勞能這樣，我們反而受凍挨餓！」就搶掠了新軍，再當了黃巢大軍的嚮導，直奔長安。……

甲申（初五日），……百官退朝，聽說亂兵入城，分頭逃竄躲藏。田令孜率領五百神策軍保着皇上從金光門出逃，只有福、穆、澤、壽四王以及幾個妃嬪跟隨着，百官都不知道。皇上晝夜不停奔馳，跟隨的官員多趕不上。車駕既已離去，士兵和坊市居民便爭着到國家府庫裏去搶金帛。

晡時，黃巢前鋒將柴存入長安，金吾大將軍張直方帥文武數十人迎巢於霸上。巢乘金裝肩輿①，其徒皆被髮，約以紅繒②，衣錦繡，執兵以從，甲騎如流，輜重塞塗，千里絡繹不絕。民夾道聚觀，尚讓歷諭之曰③：「黃王起兵，本為百姓，非如李氏不愛汝曹，汝曹但安居無恐。」巢館于田令孜第。其徒為盜久，不勝富，見貧者，往往施與之。居數日，各出大掠，焚市肆，殺人滿街，巢不能禁；尤憎官吏，得者皆殺之。

黃昏時，黃巢前鋒將領柴存進入長安，金吾大將軍張直方帶着文武官員幾十人到霸上迎接黃巢。黃巢乘坐金裝的轎子，兵眾都披了頭髮，用紅繒束着，穿的是錦繡衣服，手持兵器跟在後面，鐵騎甲士就像河流一般，輜重塞滿了道路，千里之間，絡繹不絕。百姓都擁到大街兩旁觀看，尚讓對他們宣告道：「黃王起兵，本為百姓，不像李氏那樣不愛你們，你們儘管安居，不用恐慌。」黃巢住進田令孜的府第裏，他的徒眾為盜日久，都很富有，見到窮人，往往施捨。過了幾天，分頭四出搶掠，焚燒市坊店舖，殺人滿街，黃巢禁止不住。他們尤其憎恨官吏，捉到的都殺掉。

❶ 肩輿：肩是用人抬，「肩輿」即轎子。❷ 約：束。繒（zēng）：一種絲織物。❸ 尚讓：黃巢的大將。歷諭：普遍告諭，宣告。

割讓幽薊

——兒皇帝石敬瑭的嘴臉

黃巢起義雖然最終失敗，但大唐政權不久也被原為黃巢部將、以後成為地方軍閥的朱溫所取代。此後，以今天的河南為中心建立過梁、唐、晉、漢、周五個小朝廷，其他地區也先後出現過十個地方政權，史稱「五代十國」，最後統一於宋。《資治通鑒》的紀事到趙匡胤稱帝、建立宋朝便結束了。

本篇選自《資治通鑒》卷二八〇後晉紀高祖天福元年（936），記述原為後唐大將、後來成為後晉開國皇帝的石敬瑭甘願充當兒皇帝，把幽薊十六州割讓給契丹的經過。

天福元年。……初，石敬瑭欲嘗唐主之意①，累表自陳羸疾②，乞解兵柄，移他鎮③；帝與執政議從其請④，移鎮鄆州⑤。房暠、李崧、呂琦等皆力諫⑥，以為不可，帝猶豫久之。

五月，庚寅夜，李崧請急在外⑦，薛文遇獨直，帝與之議河東事，文遇曰：「諺有之：『當道築室，三年不成⑧。』茲事斷自聖志；羣臣各為身謀，安肯盡言！以臣觀之，河東移亦反，不移亦反，在旦暮耳，不若先事圖之。」先是，術者言國家今年應得賢佐，出奇謀，定天下，

天福元年（936）……起初，石敬瑭要試探唐主的意思，多次上表陳說自己體弱有病，請求解除兵權調到別處去當節度使；皇上和宰相們商量後同意他的請求，調任鄆州。房暠、李崧、呂琦等都力諫不能這麼做，皇上猶豫良久。

五月，庚寅（初二日）夜，李崧請假外出，薛文遇獨自當值，皇上和他議論河東的事情，薛文遇說：「俗話說：『當道築室，三年不成。』此事當以聖上的意志來決斷，臣下們各為自身打算，怎肯把話都說出來！照臣看來，河東調動也要反，不調動也要反，事情只在旦暮之間，不如提前下手。」在這以前，講術數的說國家

帝意文遇當之，聞其言，大喜，曰：「卿言殊豁吾意，成敗吾決行之。」即為除目⑨，付學士院使草制⑩。辛卯，以敬瑭為天平節度使⑪，以馬軍都指揮使、河陽節度使宋審虔為河東節度使⑫。制出，兩班聞呼敬瑭名⑬，相顧失色。

❶ 嘗：試探。唐主：後唐末帝李從珂，本姓王，後唐明宗妃魏氏與前夫所生，是明宗的養子。❷ 羸（léi）：瘦弱。❸ 乞解兵柄，移他鎮：石敬瑭當時是河東節度使、北面總管。❹ 執政：宰相。❺ 鄆（yùn）州：今山東東平。❻ 房暠（hào）、李崧（sōng）、呂琦：都是後唐的重要官員。❼ 請急：請假。請假一般要有急事，所以說「請急」。❽ 當道築室，三年不成：意思是在路邊蓋房子，過路人會紛紛議論，使主人不知聽誰的好，這樣過了三年也蓋不成房子。❾ 除目：御筆親自任免赴外執行的叫「除目」。❿ 草制：起草詔制。從唐玄宗以後，多由翰林學士起草詔制。⓫ 天平節度使：治所在鄆州，即今山東東平。⓬ 河陽節度使：治所在今河南孟州。⓭ 兩班：上朝時，文武官員分班排列，遂叫「兩班」。

今年要得到好輔佐，出奇謀來安定天下，皇上認為薛文遇就是這樣的人，聽了他的話，大為高興，說：「卿講的對我大有啟發，不論成敗我一定要這麼辦。」馬上寫下除目，交付學士院起草詔制。辛卯（初三日），調石敬瑭任天平軍節度使，調馬軍都指揮使、河陽節度使宋審虔任河東節度使。詔制公佈後，兩班文武聽到石敬瑭的名字，相互看看，驚嚇得變了臉色。

甲午，以建雄節度使張敬達為西北蕃漢馬步都部署①，趣敬瑭之鄆州。敬瑭疑懼，謀於將佐曰：「吾之再來河東也，主上面許終身不除代②；今忽有是命，得非如今年千春節與公主所言乎③？我不興亂，朝廷發之，安能束手死於道路乎！今且發表稱疾以觀其意，若其寬我，我當事之；若加兵於我，我則改圖耳。」幕僚段希堯極言拒之，敬瑭以其朴直，不責也。節度判官華陰趙瑩勸敬瑭赴鄆州。觀察判官平遙薛融曰：「融書生，不習軍旅。」都押牙劉知遠曰④：「明公久將兵，得士卒心；今據形

甲午（初六日），任命建雄節度使張敬達為西北蕃漢馬步都部署，叫他督促石敬瑭去鄆州。石敬瑭顧慮恐懼，就和將佐們商量：「我再次回到河東時，主上當面答應我終身不再除代。今天忽然有這樣的任命，莫非真像今年千春節上對公主所說的那樣嗎？我不作亂，朝廷倒先下手，我怎能束手死於道路呢！如今姑且發個表章稱病來看朝廷的意向，如果寬容我，我自應事奉他；如果對我動干戈，我就要另作打算。」幕僚段希堯竭力反對，石敬瑭因為他為人樸直，沒有責怪。節度判官華陰人趙瑩勸石敬瑭去鄆州。觀察判官平遙人薛融說：「融是書生，不懂軍旅之事。」都押牙劉知遠說：「明公長期帶

勝之地，士馬精強，若稱兵傳檄，帝業可成，柰何以一紙制書自投虎口乎！」掌書記洛陽桑維翰曰：「主上初即位，明公入朝，主上豈不知蛟龍不可縱之深淵邪？然卒以河東復授公，此乃天意假公以利器。明宗遺愛在人，主上以庶孽代之⑤，羣情不附。公明宗之愛婿，今主上以反逆見待，此非首謝可免，但力為自全之計。契丹素與明宗約為兄弟⑥，

❶建雄節度使：治所在今山西臨汾。❷除代：派人接替職務。❸千春節：即唐主末帝誕辰。自唐玄宗開元年間開始，屢有以皇帝誕辰為節日的規定。這年千春節，石敬瑭之妻晉國長公主（明宗之女）為唐主祝壽，辭歸時，唐主在醉中說：「你為何急於回去，是否想和石郎（石敬瑭）造反？」❹都押牙：當時節度使手下的重要武官。劉知遠：後來後漢的開國皇帝。❺庶孽：不是正妻所生的兒子。❻契丹：後改國號為「遼」。

兵，得到士卒擁護；如今據有形勝之地，士馬精強，如舉兵傳檄，帝業可成，怎能憑一紙詔制就自投虎口呢！」掌書記洛陽人桑維翰說：「主上剛即位時，明公入朝，主上難道不知道蛟龍不可縱之於深淵的道理嗎？但最後還是把河東再次交給明公，這是上天要給明公以利器。明宗遺愛猶在，主上以庶孽身份佔有帝位，人心不附。公是明宗的愛婿，如今主上以反叛相待，這不是自首謝罪就能倖免的，只好盡力替自身安全打算。契丹過去和明宗約為兄弟，

今部落近在雲、應[1]，公誠能推心屈節事之，萬一有急，朝呼夕至，何患無成。」敬瑭意遂決。……

戊戌，昭義節度使皇甫立奏敬瑭反[2]。敬瑭表：「帝養子，不應承祀[3]，請傳位許王[4]。」帝手裂其表抵地，以詔答之曰：「卿於鄂王固非疏遠[5]，衞州之事[6]，天下皆知；許王之言，何人肯信！」壬寅，制削奪敬瑭官爵。……

秋，七月，……石敬瑭遣間使求救於契丹，令桑維翰草表稱臣於契丹主，

現在他們的部落近在雲州、應州，公如果真能誠心屈節來事奉他們，萬一情況緊急，他們早上請晚上就到，還怕成不了大事！」石敬瑭的主意就此定了下來。……

戊戌（十日），昭義節度使皇甫立奏報石敬瑭謀反。石敬瑭上表說：「帝是養子，不應繼位，請傳位給許王。」皇上親手把表撕掉，丟在地上，下詔回答他：「卿於鄂王本非疏遠，衞州的事情天下人共知；現在說有關許王的話，有誰肯相信！」壬寅（十四日），下詔削去石敬瑭官職封爵。……

秋，七月，……石敬瑭派使者走小

且請以父禮事之，約事捷之日，割盧龍一道及鴈門關以北諸州與之⑦。劉知遠諫曰：「稱臣可矣，以父事之太過。厚以金帛賂之，自足致其兵，不必許以土田，恐異日大為中國之患⑧，悔之無及。」敬瑭不從。表至契丹，契丹主大喜，白其母曰：「兒比夢石郎遣使來，今果然，此天意也。」乃為復書，許俟仲秋傾國赴援⑨。

❶雲、應：雲州在今山西大同，應州在今山西應縣。❷昭義節度使：治所在今山西長治。❸承祀：祀是祭祀，在古代祭祀是國之大事，因此繼承帝位也叫「承祀」。❹許王：明宗的兒子李從益。❺鄂王：後唐明宗的兒子李從厚，原封宋王，明宗死後即位。因李從珂起兵反對，奔出長安，被貶為鄂王，而李從珂取得帝位。❻衛州之事：指李從厚出逃到衛州，遇石敬瑭自河東入朝，石敬瑭見他大勢已去，遂盡殺其左右從騎，只放走李從厚。❼盧龍一道：指盧龍節度使管區，治所在今北京。❽中國：指黃河流域及以南廣大地區。❾仲秋：農曆八月。鴈門關：在今山西代縣西北。

路去向契丹求救，叫桑維翰起草表章向契丹主稱臣，並請求用對父親的禮節去事奉他，約定勝利之日，割讓盧龍一道及鴈門關以北諸州給契丹。劉知遠進諫道：「稱臣就可以了，以父禮事奉太過分。多用金帛賄賂他們，就足以使他們出兵，不必承諾給他們土地，怕以後給中國帶來大患，後悔莫及。」石敬瑭不聽。表章送到契丹，契丹主十分高興，對他母親說：「兒近日夢見石郎派使節來，今天果真來了，這是天意啊。」就寫了回信，答應等到仲秋傾全國之力前來救援。……

……

九月，契丹主將五萬騎，號三十萬，自揚武谷而南[1]，旌旗不絕五十餘里。……辛丑，契丹主至晉陽[2]，陳於汾北之虎北口，先遣人謂敬瑭曰：「吾欲今日即破賊可乎？」敬瑭遣人馳告曰：「南軍甚厚，不可輕，請俟明日議戰未晚也。」使者未至，契丹已與唐騎將高行周、符彥卿合戰，敬瑭乃遣劉知遠出兵助之。張敬達、楊光遠、安審琦以步兵陳於城西北山下，契丹遣輕騎三千，不被甲，直犯其陣。唐兵見其羸，爭逐

……

九月，契丹主率領五萬戰騎，號稱三十萬，從揚武谷南下，旌旗五十多里連綿不絕。……辛丑（十五日），契丹主到達晉陽，在汾河北面虎北口列陣，先派人對石敬瑭說：「我準備在今天破敵好不好？」石敬瑭派人快馬相告：「南軍兵力很雄厚，不可輕視，請等到明天再商量出戰也不晚。」使者還沒到，契丹已和唐軍騎將高行周、符彥卿接觸，石敬瑭便派劉知遠出兵相助。張敬達、楊光遠、安審琦統率步兵在城西北山下列陣，契丹派輕騎三千，不披盔甲，直衝唐軍步陣。唐軍見到他們並不厲害，爭相追去，追到汾

之，至汾曲，契丹涉水而去。唐兵循岸而進，契丹伏兵自東北起，衝唐兵斷而為二，步兵在北者多為契丹所殺，騎兵在南者引歸晉安寨③。契丹縱兵乘之，唐兵大敗，步兵死者近萬人，騎兵獨全。敬達等收餘眾保晉安，契丹亦引兵歸虎北口。敬瑭得唐降兵千餘人，劉知遠勸敬瑭盡殺之。……

❶ 揚武谷：在今山西代縣西南。❷ 晉陽：今山西太原，河東節度使治所。
❸ 晉安寨：在今山西太原東。

河曲，契丹涉水而過。唐軍沿着河岸前進，東北方契丹伏兵突起，把唐軍衝成兩截，步兵在北面的多數被契丹殺死，騎兵在南面的退回到晉安寨。契丹縱兵掩殺，唐軍大敗，步兵死了近萬人，只有騎兵沒有損失。張敬達等收集了餘眾駐守晉安，而契丹也回軍虎北口。石敬瑭收得唐降兵一千多人，劉知遠勸他都殺掉。……

十一月，……契丹主謂石敬瑭曰：「吾三千里赴難，必有成功。觀汝器貌識量，真中原之主也。吾欲立汝為天子。」敬瑭辭讓者數四，將吏復勸進，乃許之。契丹主作冊書，命敬瑭為大晉皇帝，自解衣冠授之，築壇於柳林①，是日，即皇帝位。割幽、薊、瀛、莫、涿、檀、順、新、嬀、儒、武、雲、應、寰、朔、蔚十六州以與契丹②，仍許歲輸帛三十萬匹。

十一月，……契丹主對石敬瑭說：「我從三千里外來解救你的危難，必能成功。看你的器宇容貌和識見度量，真是中原之主。我想冊立你做天子。」石敬瑭辭讓了幾次，將吏們再勸進，才答應了。契丹主叫人寫了冊命的詔書，讓石敬瑭做大晉皇帝，親自脫下衣冠給他穿上，在柳林築了高壇，當天登上皇帝寶座。割了幽、薊、瀛、莫、涿、檀、順、新、嬀、儒、武、雲、應、寰、朔、蔚十六州給契丹，還答應每年進貢帛三十萬匹。

❶ 築壇：用土築起高台，此處指冊立石敬瑭為皇帝。柳林：在今山西太原東南。❷ 幽：治所在今北京。薊：治所在今天津薊縣。瀛：治所在今河北河間。莫：治所在今河北任丘北。涿：治所在今河北涿州。檀：治所在今北京密雲。順：治所在今北京順義。新：治所在今河北涿鹿。媯：治所在今北京懷柔。儒：治所在今北京延慶。武：治所在今河北宣化。寰：治所在今山西朔州東。朔：治所在今山西朔州。蔚：治所在今河北蔚縣。